A Estrutura da Bolha de Sabão

Coleção Lygia Fagundes Telles

LIVROS DE LYGIA FAGUNDES TELLES
PUBLICADOS PELA COMPANHIA DAS LETRAS

Ciranda de Pedra 1954, 2009
Verão no Aquário 1963, 2010
Antes do Baile Verde 1970, 2009
As Meninas 1973, 2009
Seminário dos Ratos 1977, 2009
A Disciplina do Amor 1980, 2010
As Horas Nuas 1989, 2010
A Estrutura da Bolha de Sabão 1991, 2010
A Noite Escura e Mais Eu 1995, 2009
Invenção e Memória 2000, 2009
Durante Aquele Estranho Chá 2002, 2010
Histórias de Mistério, 2002, 2010
Passaporte para a China, 2011
O Segredo e Outras Histórias de Descoberta, 2012
Um Coração Ardente, 2012
Os Contos, 2018

Lygia
Fagundes
Telles

A Estrutura da Bolha de Sabão

Contos

Nova edição revista pela autora

POSFÁCIO DE
Alfredo Bosi

Companhia Das Letras

Grafia atualizada segundo o Acordo
Ortográfico da Língua Portuguesa de 1990,
que entrou em vigor no Brasil em 2009.

CAPA E PROJETO GRÁFICO
raul loureiro / claudia warrak
sobre detalhe de *Sabor Cereja*,
de Beatriz Milhazes, 2006, colagem,
169 x 144,5 cm. Coleção particular.
Reprodução de Fausto Fleury.

FOTO DA AUTORA
Adriana Vichi

PREPARAÇÃO
Cristina Yamazaki / Todotipo Editorial

REVISÃO
Marise Leal
Ana Maria Barbosa

Dados Internacionais de Catalogação na Publicação (CIP)
(Câmara Brasileira do Livro, SP, Brasil)

Telles, Lygia Fagundes
A Estrutura da Bolha de Sabão : Contos / Lygia Fagundes Telles;
posfácio de Alfredo Bosi. — São Paulo : Companhia das Letras, 2010.

Nova edição revista pela autora
ISBN 978-85-359-1634-8

1. Contos brasileiros I. Bosi, Alfredo. II. Título

10-01983 CDD-869.93

Índice para catálogo sistemático:
1. Contos : Literatura brasileira 869.93

4ª reimpressão

[2022]

EDITORA SCHWARCZ S.A.
Rua Bandeira Paulista, 702, cj. 32
04532-002 — São Paulo — SP
Telefone: (11) 3707-3500
www.companhiadasletras.com.br
www.blogdacompanhia.com.br
facebook.com/companhiadasletras
instagram.com/companhiadasletras
twitter.com/cialetras

Para
Paulo Emílio,
que gostava das minhas ficções

Este livro já teve outro título e passou por algumas aventuras mas creio que interessa agora contar apenas como começou tudo. Paulo Emílio e eu tomávamos café da manhã quando de repente ele contou que tinha em Paris um jovem amigo físico, o Jean Oury que estudava a estrutura da bolha de sabão. Encarei o Paulo com espanto, a estrutura da bolha de sabão?!... Mas a bolha de sabão não tem nenhuma estrutura, ah! essas bolas eu conhecia desde a infância, quando nos vastos quintais colhia no mamoeiro o canudo mais fino, enchia a caneca d'água com sabão diluído, sentava no chão, mergulhava o canudo na espuma e soprava as belas bolas coloridas. Subiam livres, desafiantes e refletindo a paisagem, o céu... Eu corria atrás das bolhas maiores para protegê-las, o medo que se chocassem na árvore, chegava a gritar, Olha o muro!... Quando tive caxumba levei a caneca para o meu quarto e assim na intimidade descobri que as bolas nasciam maiores mas aumentavam os perigos e eu avisando, Olha o armário, a vidraça! Estouravam e pela parede escorria aquele fio de espuma. E esse físico estudava a estrutura dessas bolas? Paulo acendeu o cigarro e riu, Acho que você devia conversar com meu amigo... Invente agora um personagem também físico, suas mulheres, suas paixões e escreva um conto... Alguns dias depois o nosso gato subiu na minha mesa, acomodou-se no meio da papelada, fez romrom e fechou os olhos. Pousei a caneta, acariciei-lhe a cabeça e disse baixinho, Não conte a ninguém, mas descobri, a bolha de sabão é o amor.

LYGIA FAGUNDES TELLES

Sumário

A Estrutura da Bolha de Sabão

A Medalha

Ela entrou na ponta dos pés. Tirou os sapatos para subir a escada. O terceiro degrau rangia. Pulou-o apoiando-se no corrimão.

— Adriana!

A moça ficou quieta, ouvindo. Teve um risinho frouxo quando se inclinou para calçar os sapatos, Ih! que saco.

Fez um afago no gato que lhe veio ao encontro, esfregando-se na parede. Tomou-o no colo.

— Romi, Romi... Então, meu amor?

— Adriana!

Assustado com o grito, o gato fugiu espavorido pela escada abaixo. Ela prosseguiu sem pressa, arrastando os pés. O quarto estava iluminado. Empurrou a porta.

— Acordada ainda, mãe?

A mulher fez girar a cadeira de rodas e ficou defronte à porta. Vestia uma camisola de flanela e tinha um casaco de tricô atirado nos ombros. Os olhos empapuçados reduziam-se a dois riscos pretos na face amarela.

— Precisava ser *também* na véspera do casamento? Precisava ser na véspera? — repetiu a mulher agarrando-se aos braços da cadeira.

— Precisava.

— Cadela. Já viu sua cara no espelho, já viu?

A moça encostou-se no batente da porta. Abriu a bolsa e tirou o cigarro. Acendeu-o. Quebrou o palito e ficou mascando a ponta.

— Acabou, mãe? Quero dormir.

A mulher aproximou mais a cadeira. Fechou no peito cavado a gola do casaco. Falou em voz baixa, com suavidade.

— Na véspera do casamento. Na *vés-pe-ra*. Você já viu sua cara no espelho? Já se olhou num espelho?

— E daí? O véu vai cobrir minha cara, o véu cobre tudo, ih! tem véu à beça. Vou dar uma beleza de noiva, mãe, você vai ver. Preferia me meter no meu colante preto mas seu genro é romântico, aquelas ondas...

— Cínica. Igualzinha ao pai. Ele ia achar graça se te visse assim, aquele cínico.

— Não fale do meu pai.

— Falo! Um cínico, um vagabundo que vivia no meio de vagabundos, viciado em tudo quanto é porcaria. Você é igual, Adriana. O mesmo jeito esparramado de andar, a mesma cara desavergonhada...

— Ele era bom.

— Bom! Aquilo então era bondade? Hein? Um debochado, um irresponsável completamente viciado, igualzinho a você. Imagine, bom... Estou farta desse tipo de bondade, quero gente com caráter, sabe o que é caráter? É o que ele nunca teve, é o que você não tem. Na véspera do casamento...

— Na véspera ou no dia seguinte, que diferença faz?

A mulher sacudiu-se na cadeira.

— Às vezes nem acredito. Uma filha assim, eu não acredito.

A moça esfregou os olhos congestionados. O rímel das pestanas deixou nas pálpebras dois grossos aros de carvão.

— Sou ótima, mãe. Uma ótima menina, é o que todo mundo diz.

A mulher quis abotoar o casaco. Faltavam botões. Fechou a gola na mão.

— Por que não se casa com ele? Hein? Vamos, Adriana, por que não se casa com ele?

— Com ele quem?

— Com esse vagabundo que acabou de te deixar no portão.

— Porque ele não quer, ora.

— Ah, porque ele não quer — repetiu a mulher. Parecia triunfante. — Gostei da sua franqueza, *porque ele não quer.* Ninguém quer, minha querida. Você já teve dúzias de homens e nenhum quis, só mesmo esse inocente do seu noivo...

— Mas ele não é inocente, mãezinha. Ele é preto.

A mulher respirou com dificuldade. Abriu nos joelhos as mãos cor de palha. Inclinou-se para a frente e baixou o tom de voz.

— Por que você diz isso?

Adriana deixou cair o cigarro e vagarosamente esmagou a brasa no salto do sapato. Passou a mão indolente pelos cabelos oxigenados de louro. Apanhou uma ponta mais comprida, levou-a até a cara e ficou brincando com o cabelo no lábio arregaçado.

— Olha só o meu bigode, mãe, agora tenho um bigode!

— Responda, Adriana, por que você diz isso? Que ele é preto.

A moça abriu a boca para bocejar. Desatou a rir.

— Oh! meu Deus... Porque é verdade, querida. E você sabe que é verdade mas não quer reconhecer, o horror que você tem de preto. Bom, não deve ser mesmo muito agradável, concordo, um saco ter uma filha casada com um preto, ih! que saco. Preto disfarçado mas preto. Já reparou nas unhas dele? No cabelo? Reparou, sim, você é tão esperta, um faro! Sou branca, tudo bem, mas meu sangue é podre. Então é o sangue dele que vai vigorar, entendeu? Seus netos vão sair moreninhos, aquela cor linda de brasileiro.

— Chega, Adriana.

— Não chega não, eu queria dormir, lembra? Então é isso

daí, nunca vi ninguém reconhecer preto assim fácil como você, um puta faro. O tipo pode botar peruca, se pintar de ouro e de repente num detalhe, aquele detalhinho...

Inclinou-se para apanhar a bolsa que caiu. Catou vacilante o pente e o espelho, quis ainda alcançar o lápis que rolou no assoalho, desistiu do lápis, Ih!... Levantou-se apertando a bolsa contra o peito, a outra mão apoiada na maçaneta da porta. Respirou penosamente, a boca aberta. Encarou a mulher.

— Tudo bem?

— Tudo bem, Adriana. Tenho é muita pena desse moço. Seu noivo. Casar com uma coisa dessas, imagine.

— Mas ele vai ser podre de feliz comigo, mãezinha. Podre de feliz. Se encher muito, despacho o negro lá pros States, tem uma cidade lindinha, como é mesmo?... O nome, eu sabia o nome, ah! você já ouviu falar, você adora ler essas notícias, não adora? Espera um pouco... pronto, lembrei, Little Rock! Isso daí, Little Rock. A diversão lá é linchar a negrada.

A mulher retesou-se inteira, como se fosse saltar. Ficou de repente maior, os olhos mais brilhantes. O tronco se aprumou com arrogância, rejuvenescido. Mas, aos poucos, foi afrouxando os músculos. Voltou a diminuir de tamanho, a cabeça inclinada para o ombro. A voz começou baixa.

— Você não pode mais me ferir, Adriana. Ele também não conseguia. O seu pai. Podia fazer o que quisesse, dizer o que quisesse. Não me atingia mais. Ficava aí na minha frente com essa sua cara, a se retorcer feito um vermezinho viciado e gordo...

— Emagreci seis quilos.

— E gordo. Nada mais me atinge, Adriana. É como se ele voltasse, nunca vi uma coisa assim, vocês dois são iguais. Ele morreu e encarnou em você, o mesmo jeito mole, balofo. Sujo. Na minha família todas as mulheres são altas e magras. Você puxou a família dele, tudo com cara redonda de anão, cara redonda e pescoço curto, olha aí a sua cara. E a mãozinha de dedinho gordo, tudo anão.

Adriana continuava segurando a maçaneta, o corpo vacilante, o risinho frouxo. Apoiara-se numa perna, a outra ligeiramente flexionada. Calçava e descalçava o sapato decotado, com uma fivela de pedrinhas verdes.

— Acabou, querida? Quero dormir.

A luz da manhã já se insinuava na vidraça. A mulher fez um gesto mortiço na direção da janela.

— Fiz o que pude.

— Então, ótimo. Tudo bem, agora queria dormir um pouquinho, posso?

— Um instante ainda — disse a mulher e a voz subiu fortalecida, veemente. — Ah, me lembrei agora, era Naldo, não era? O nome daquele seu primo, o primeiro da lista. Nem quinze anos você tinha, Adriana, nem quinze anos e já se agarrando com ele na escada, emendada naquele devasso.

— Ele não era devasso.

— Não? E aquelas doenças todas? Vivia dependurado em negras, viveu anos com aquela empregada peituda, pensa que não sei?

— Ele não era um devasso. E ele me amou.

— Amou... Fugiu como um rato quando foram pilhados, o safado. Fugiu como fugiram os outros, nenhum quis ficar, Adriana, nenhum. Vi dezenas deles, casados, divorciados, toda uma corja te apertando nas esquinas, detrás das portas, uma corja que nem dinheiro tinha para o hotel. Um por um, fugiram todos.

— Ele me amou.

Um galo tentou prolongar mais seu canto e o som saiu difícil, rouco. A mulher fez um movimento de ombros e o casaco escorregou para o assento da cadeira. Apontou a cômoda.

— Vai, abre aquela caixa ali em cima... Abriu? Tem dentro uma medalha de ouro que foi da minha avó. Depois passou para minha mãe, está me ouvindo, Adriana? Antes de morrer minha mãe me entregou a medalha, nós três nos casamos com ela. Tem também a corrente, procuro depois. Você se casa amanhã, hum? Leva a medalha, é sua.

— Bonita, mãe.

— Só espero que não enegreça no seu pescoço — disse e fez um vago gesto na direção da porta. — Por favor, agora suma da minha frente.

Adriana pegou a medalha que luzia no fundo da caixa de charão. Apertou os olhos turvos para vê-la melhor. Depois, ainda olhando para a medalha, fez com a outra mão um ligeiro aceno e foi saindo a arrastar os pés. Fechou a porta. Quando já estava no corredor penumbroso, o gato veio ao seu encontro e no mesmo ritmo ondulante entraram no quarto. O vestido estava estendido na cama e sobre o vestido, o véu alto e armado, descendo em pregas até o chão. A luz da manhã já era mais clara do que o halo amarelado da lâmpada pendendo do teto. O gato pulou na cama.

— Dormir, Romi, dormir — ela sussurrou fechando a janela. — Anoiteceu outra vez, viu? Gato à toa. Sacana. Vai amassar tudo — resmungou, puxando o gato pela orelha. O gato miou, chegou a se levantar. Voltou a se deitar enrodilhado no meio do véu. Adriana apoiou-se na cama enquanto abria a gaveta da mesa de cabeceira. Abriu o tubo de vidro e fez cair duas pílulas na concha da mão. Engoliu as pílulas, fez uma careta. — Não vai me buscar um copo d'água, não vai? Sacana, amassou tudo. Podia me trazer água, tanta sede, porra. — Deitou-se molemente na cama e apanhando uma ponta do véu, cobriu a cara com ele. Fechou os olhos e tateou por entre o véu, tentando achar o gato. Desistiu. Ficou olhando a lâmpada através das lágrimas. Você fugiu. Por que você fugiu de mim na escada? Eu precisava tanto de você, precisava tanto. Está me escutando? Você não devia me largar sozinha naquela escada, foi horrível, amor, eu precisava tanto de você...

Arrepanhou furiosamente o véu e sufocou nele os soluços. Atirou longe os sapatos. Ficou rolando docemente a cabeça no travesseiro, se acariciando no tecido da fronha. Agora as lágrimas corriam mais espaçadas, mais limpas. — Eu não podia ficar sozinha naquela escada, não podia —

repetiu e abriu a mão para ver de novo a medalha. Ardiam os olhos borrados. Esfregou-os e recomeçou a rir baixinho. Voltou-se para o gato. — Você vai ganhar um presente, seu sacana... Quer um presente, quer?

Levantou-se cambaleante. Apertou os olhos contra as palmas das mãos e seguiu estonteada por entre os móveis. Abriu as portas do armário, abriu a gaveta. Atirou as roupas no chão. — Uma fita, tinha aqui uma fita, não tinha? Uma fitinha vermelha — choramingou e ficou de joelhos. — Espera, espera... Ih! achei, a glória, beleza de fita, Romi vai vibrar, espera... deixa enfiar aqui nesta droga de argola, hein? Assim... uma droga de argola apertada, tem que entrar neste buraco, espera aí...

Quando ela tombou para o lado, bateu a cabeça na quina da gaveta. Ficou gemendo e esfregando a cabeça, Merda. Ainda de joelhos, foi avançando ao lado da cama, segurando na mão fechada a fita com a medalha, a outra mão tateando aberta por entre o véu até alcançar o travesseiro onde o gato cochilava. Agarrou-o com energia pelo rabo. — Não foge não, seu sacana, você vai ganhar um presente! — anunciou e sacudiu a medalha dependurada na fita. Concentrou-se no esforço para respirar. Abriu a boca. Inclinou-se e repentinamente prendeu o gato entre os cotovelos. Amarrou-lhe no pescoço a fita com a medalha e abraçou-o com alegria. — O sacana me arranhou!... Ganhou um puta presente e me arranhou, me arranhou... — ficou repetindo. Com a ponta do dedo, fez a medalha oscilar. Ih! ficou divino, olha aí, um vira-lata condecorado com ouro!...

O corredor estreito continuava escuro. Adriana parou para segurar melhor o gato que começou a se agitar. — Calma, Romi, calminha... — ela sussurrou, palmilhando devagar o assoalho nas solas dos pés. Quando chegou ao quarto no extremo do corredor, apoiou-se na parede e ficou ouvindo. Abriu a porta. Espiou. A mulher conduzira sua cadeira até ficar defronte da janela, exposta ao vento que fazia esvoaçar seus cabelos tão finos como fios despedaçados de uma teia. Adriana ainda quis verificar se a medalha continuava presa ao pescoço do gato. Impeliu-o com força na direção da cadeira. Fechou a porta de mansinho.

A Testemunha

Ele tinha o olhar fixo no anúncio luminoso, suspenso no fundo negro de um céu sem estrelas. Já fazia uma hora que tinha o olhar fixo no anúncio onde um cisne branco aparecia fosforescente em primeiro plano no espaço tumultuado de nuvens. Logo em seguida, com ondulações de pétalas mansas, abria-se em torno do cisne um pequeno lago que chegava até quase a meia-lua branca da qual saía o letreiro, cortado pelo perfil de um edifício. Só as cinco primeiras letras do anúncio eram visíveis, as outras desapareciam detrás do cimento armado.

— Belon — disse ele antes que as letras se apagassem. Voltou-se devagar para o recém-chegado. — Belon, Belon... O que será que vem depois desse Belon? Vai, Rolf, me ajude.

— Belonave — disse o outro voltando-se para o luminoso. Encarou o amigo. E inclinou-se para o banco de pedra. — Mas este banco está molhado, você vai pegar um resfriado pelo traseiro. Que ideia, Miguel, por que um encontro aqui? Este parque deve ser bom no verão.

— Não é Belonave, é outra coisa. Belon...

— Belominal. Contra dores, enxaquecas. Você está aqui há muito tempo? Detesto umidade, as juntas começam a endurecer. Que noite!

— Não vou saber nunca. Pode ser o nome de um colchão de molas. Ou de uma geladeira. Ou de um uísque, tanta coisa já passou pela minha cabeça. Assim como um sino, hein, Rolf? Belon, Belon...

Rolf tirou a folha seca que se colara ao sobretudo do amigo.

— Se formos nesta direção, no fim da alameda a gente pode saber.

— Não é preciso, Rolf. Você sabe.

Rolf tomou o amigo pelo braço. Estava bem-humorado.

— O que é que eu sei?

Mancando um pouco, Miguel deixou-se conduzir. Ainda olhou o cisne lá no alto do seu lago fosforescente.

— Você sabe.

— Mas sei o quê, meu Deus!

— O que aconteceu ontem à noite. Você sabe. Devo ter tido um acesso. Então, não vai me dizer?

Rolf levantou a gola do casaco. Esfregou as mãos com energia.

— Umidade desgraçada. A gente podia ir comer um peixe com um bom vinho tinto, besteira isso de vinho branco com peixe. Quero um tinto ligeiramente aquecido, uau!

— Não vai me dizer, Rolf?

— Dizer o quê, rapaz?

— O que aconteceu ontem.

— Ora, o que aconteceu! Mas então você não sabe?

— Não, não sei. Não me lembro de nada, nada.

— Mas como não se lembra?

— Não me lembro, simplesmente não lembro — repetiu Miguel torcendo as mãos muito brancas. Fechou-as contra o peito. — Sei que você foi me visitar, isso eu sei. Mas depois não me lembro de mais nada, minha memória breca de repente justo nesse pedaço, fica tudo escuro. Como aquele luminoso, olha lá, agora apagou completamente... Sei que aconteceu alguma coisa mas não lembro, não lembro. Você vai me dizer, não vai, Rolf? Responde, não vai me dizer? Hein?!

Rolf desviou o olhar da cara lívida em suspenso na sua frente. Um vinco profundo formou-se entre suas sobrancelhas. Ainda assim, conseguiu sorrir. Segurou com firmeza o amigo pelo braço, obrigando-o a andar.

— Mas não aconteceu nada de especial, rapaz. Não tenho o que contar.

— Não? Não tive um acesso, não fiz coisas?... Não banquei o...

— Não. Lógico que não. Se quiser mesmo saber, presta atenção, cheguei em sua casa por volta das nove. Comentei a beleza da noite, tanta estrela... Você me pareceu enfarruscado, se queixou de dor de cabeça, lembra?

— Disso eu me lembro. E daí?

— Daí você foi buscar uma aspirina, parece que a dor passou de repente. Então veio a hora da animação, você ficou todo excitado com o livro de um húngaro que estava lendo, não sei que livro é esse nem vem ao caso, o fato é que você desatou a falar. Falou, falou...

— Falei o quê?

— Falou sobre tudo. Sobre esse tal livro, sobre outros livros. Enveredou pela política, fez uma análise fulgurante da situação do país...

— Fulgurante?

— Fulgurante. Comentou depois sobre uma fita de ficção científica, falou sobre a morte de Otávio. Milhares de coisas.

— E então...

— Então, acabou. Fiquei cheio, me deu vontade de tomar um café e fui até a cozinha, lembra?

— Não, desse pedaço não lembro mais. Vejo você chegando e dizendo uma coisa qualquer ligada à garrafa térmica, que o café se degradava na garrafa, não sei se usou essa palavra, *degradar*. Mas foi a palavra que me veio agora. E eu me queixando de uma dor bem aqui...

— Na nuca.

— Isso, na nuca — confirmou Miguel, apressando o passo para ficar ao lado do outro que tinha pernas compridas, andava mais rápido. Afastou com um gesto exasperado o ramo de salgueiro que pendia no meio da alameda. — O resto esqueci, não sei de mais nada. Não sei.

— Pois quando voltei com o café você se queixou dessa dor, se estendeu no sofá e ficou dormindo feito uma criancinha. Fechei a luz e saí. Acabou.

— Por favor, Rolf, não fique com pena de mim que é pior ainda, pode dizer!

— Mas dizer o quê, se não aconteceu mais nada. Quer que eu invente, é isso? Posso inventar, se quiser.

Seguiram andando, Rolf alguns passos adiante de Miguel, que mancava um pouco.

— Sei que tinha uma pessoa por perto e essa pessoa só pode ser você — disse Miguel num tom indiferente. Baixou a aba do chapéu de feltro. Levantou a gola do sobretudo e enfiou as mãos nos bolsos. — Você sabe o que eu fiz. Mas não vai me dizer nunca.

Rolf chutou com irritação um pedregulho e abriu os braços. Cerrou os maxilares quando levantou a face para o céu e de repente pareceu se distrair com algumas estrelas que vislumbrou num rombo da nuvem.

— Milagre! Elas conseguiram mas não vai durar, olha aquela nuvem preta que já vem correndo e cobrindo tudo. Só vai chover mesmo lá pela madrugada, gosto de dormir ouvindo a chuva.

Miguel olhava em frente. O outro teve que se inclinar para ouvir o que ele dizia agora:

— Hoje cedo encontrei o relógio despedaçado, aquele relógio em formato de oito. Completamente despedaçado. E um rasgão no lençol. O relógio e o lençol.

— O lençol?

— Também não encontrei mais o Rex. A tigela de água virada, a porta da cozinha aberta... Eu tinha paixão por aquele cachorro. Saí procurando, perguntei na vizinhança, andei dando voltas pelo quarteirão. Nada. Você sabe, mas não vai me dizer. Estou vendo nos seus olhos a minha loucura, mas você não vai me dizer nada.

Caminharam algum tempo em silêncio. Pararam diante do lago de água verde-negra, aninhado entre as árvores. Os ramos mais longos do salgueiro chegavam a tocar na superfície estagnada, com coágulos finos como lâminas de vidro fosco. Rolf acendeu um cigarro, fez um comentário sobre a água que devia estar podre e tomou o amigo pelo braço. Sacudiu-o afetuosamente. Riu.

— Com esses elementos você pode reconstituir tudo, não pode? O relógio, o lençol. O cachorro. Você gostava de livro policial, não gostava? Então é simples, estou preocupado é com o cachorro.

— Não brinca, Rolf. É sério. Eu preciso saber.

— Mas não estou brincando — disse Rolf e empurrou enérgico o amigo para a frente. — Vamos, rapaz, tudo bobagem, chega de se atormentar. Não pensa mais nisso, não aconteceu nada. Acho que você está precisando é de mulher, essa nossa vida, uma solidão miserável. Se tivesse por aí umas putinhas simpáticas, hum? Por onde andam nesta cidade as putinhas simpáticas, antigamente tinha tanta gueixa, vem me esquentar, vem me agradar! Elas vinham. Agora só encontro umas meninas chatas, tudo intelectual. Mania de feminismo, competição. Andei aí com uma nortista que me deixou tonto, falava feito uma patativa. Era socióloga, já pensou?

Um jovem de tênis e abrigo de inverno passou correndo e bufando entre os dois homens, que se afastaram para lhe dar passagem. Quando o jovem desapareceu na curva da alameda, Miguel voltou-se para o amigo.

— Curioso isso. Como você sabe o que aconteceu, sempre que olho para você vejo que aconteceu alguma coisa.

— Ah, mas minha cara é muito expressiva!

Miguel começou a torcer as mãos feito trapos. A silhueta

atarracada parecia maior devido ao sobretudo que vinha de um tempo em que era mais gordo. Levantou a face de um brancor úmido.

— Por favor, Rolf, por favor! Preciso saber até que ponto eu cheguei, preciso.

— Mas o que você quer que eu faça? Só se eu tive o acesso junto, nós dois completamente loucos, quebrando coisas, espancando o cachorro. E agora esqueci tudo, os dois sem memória, esses ataques podem dar de parceria. Ou não, sei lá.

Miguel enfiou as mãos nos bolsos e prosseguiu no seu andar meio incerto. Sorriu para o amigo.

— Nós dois juntos, Rolf? Um acesso na mesma hora?

Sacudiu-se de repente num riso reprimido. Enterrou o chapéu de feltro até as orelhas e acendeu o cigarro, divertia-o a ideia do acesso em conjunto, "Nós dois, Rolf? Ao mesmo tempo?". Rolf estava sério, andando no seu passo largo, cadenciado. Olhava o chão.

— Vamos sair deste parque. Sugiro comer alguma coisa.

— Isso mesmo, Rolf, também estou com fome. Peixe com vinho tinto meio aquecido, acho genial. Conheci outro dia um restaurante fabuloso, é meio longe mas vale a pena. Vinho tinto italiano, o vinho eu ofereço.

— Machucou o pé, Miguel?

— Por quê?

— Você está mancando.

— Estou? — Ele se surpreendeu. Olhou espantado para os próprios pés. — Sabe que não sinto nada. Você disse que estou mancando?

— Um pouco.

— Não sinto nada.

Rolf tirou o lenço do bolso da japona e limpou o nariz. Olhou para o lenço enquanto o dobrava. Olhou para o amigo.

— Esse restaurante. É muito longe? Já está meio tarde, será que ainda servem a gente?

— Claro que servem, fica aberto até de madrugada. É a dona mesmo quem cozinha, uma espanhola chamada Esmeralda. Não sei o nome da rua mas sei onde fica, já fui lá um monte de vezes.

Rolf atirou a ponta do cigarro no canteiro. A fisionomia se desanuviou. Apertou os olhos de novo zombeteiros.

— Tive uma namorada chamada Esmeralda. Você não conheceu a Esmeralda?

— Não. Essa não.

— Ela era engraçada, só pensava em casar, acordava com esse pensamento, dormia com esse pensamento, casar. Então eu avisei, só me caso quando chegar aos quarenta, faltam dois anos. Nessa noite fizemos um amor tão perfeito, dormimos contentes. Me acordou de madrugada, descobriu não sei como minha cédula de identidade e montou em mim, seu mentiroso, você tem quarenta e cinco anos, vamos casar imediatamente!

— Imediatamente, Rolf?

Miguel tomara a dianteira, o passo curto, o cigarro apagado no canto da boca. Quando saíram da avenida e entraram numa rua mais tranquila, esperou pelo amigo até se emparelhar com ele. Sacudiu na mão uma caixa de fósforos.

— A marca que meu pai usava tinha um olho dentro de um triângulo, eu ficava fascinado quando ele guardava o olho suplementar dentro do bolso. Será que ainda existe essa marca?

Rolf mordiscou o lábio superior até prender nos dentes um fio do bigode. Contornou com o braço o ombro do amigo.

— Presta atenção, Miguel, o que passou, passou. Não se preocupe mais, somos todos normalmente loucos. Fingimos até uma loucura maior mas não tem importância, faz parte do sistema, é preciso. De vez em quando, dá aquela piorada e piora mesmo, que diabo! E daí? O tal cotidiano acaba prevalecendo sobre todas as coisas que nem na Bíblia. Isso de dizer que só um fio de cabelo nos separa da loucura total é tolice.

— Claro, Rolf, claro. Você tem razão.

Com as pontas dos dedos, Rolf começou a consertar o

bigode. Tirou de Miguel a caixa de fósforos que ele ainda sacudia.

— Você está com cinquenta e um anos.

— Cinquenta e dois.

— Certo. Eu tenho três mais que você. E sua família, rapaz? Continua por aqui?

— Não, mudou-se para Casa Branca. Por quê?

— Lembrei agora da sua mãe. Ela fazia uns pastéis deliciosos.

— Fazia melhor o amor.

Rolf desviou do amigo o olhar oblíquo.

— Ai! meu Hamlet, que cansaço. E esse seu restaurante que não chega nunca. Hoje você está muito chato, cansei.

— Acho que é fome, Rolf, perdão, perdão! — E Miguel tomou o amigo pelo braço. Ficou de repente descontraído, alegre. — Faz tempo que não como direito, deve ser isso. Mas juro que depois ainda vou cantar para você um tango inteirinho, *Cuesta Abajo*, tenho uma voz linda, com vinho então fica um esplendor.

— Nem diga.

Enveredaram por uma rua escura, quase deserta. No fim da rua, a ponte, um curvo traço de união entre as margens do rio. A névoa subia mais densa na altura da água. Rolf parou de assobiar.

— Ainda está longe?

— O quê?

— O restaurante, rapaz.

— Ah, fica logo depois da ponte — disse Miguel. E inclinou-se para amarrar o cordão do sapato. — Conheço tanto esse rio, eu morava aqui por perto quando criança. Todo sábado vinha nadar com a molecada. A água era suja mas imagine se me importava! Também remava, sempre tive mania de esportes. Não cresci muito mas olha só a largura do meu ombro.

— Eu sei, já vi.

Um cachorro perdido passou a uma certa distância. Estava enlameado e tinha uma pequena corda dependurada no pescoço. Miguel ficou olhando o cachorro.

— Podia ser o Rex — disse, e voltou-se para o amigo. Animou-se. — Cheguei a ser campeão de bola ao cesto!

— Acho que foi por isso que você ficou desse jeito, vida muito saudável não dá certo. Sempre tive horror de clubes, uma chateação.

Miguel aproximou-se e puxou o outro pela manga. Riu.

— Um bicho de concha. Você devia ter aprendido ao menos a nadar.

— Não sei nadar mas namorei uma nadadora. Cheirava a cloro, por mais que se lavasse, tinha sempre um pouco daquele cheiro, principalmente no cabelo. É curioso, não me lembro da sua cara, só do cheiro.

Tinham atingido a ponte. Miguel parou. Olhou em redor.

— A gente se esquece de certas coisas e de outras... Ainda tem um cigarro?

Rolf tirou do maço o último cigarro, que veio amassado.

— Fuma este.

— E você?

— Agora não quero.

Miguel abrigou na gruta da mão a chama do fósforo. A face avermelhou, esbraseada.

— Mas veja, Rolf, esqueci por completo o que aconteceu ontem e isso não teria a menor importância se não fosse você. Você é esta ponte. A única ponte que me liga à véspera — disse e abaixou-se como se fosse amarrar o sapato.

Rolf abotoou a japona. Prosseguiu de mãos nos bolsos, um pouco encolhido. Miguel então veio por detrás e ainda agachado, agarrou o outro pelas pernas, ergueu-o rapidamente por cima do parapeito de ferro e atirou-o no rio. As águas se abriram e se fecharam sobre o grito afogado, se engasgando.

Debruçado no gradil, Miguel ficou olhando o rio. Vislumbrou seu chapéu que tinha caído e agora flutuava meio de banda na água agitada. Flutuou um instante com movimentos de um pequeno barco negro. Desapareceu. Um resto de espuma foi se diluindo na superfície acalmada. Miguel apanhou no chão o cigarro ainda aceso e soprou, avivando a brasa. Amarfanhou devagar o maço vazio. Durante algum tempo ficou fumando e contemplando a água. Fez do maço uma bola e atirou-a longe. Não se voltou quando ouviu passos atrás de si. Sentiu a mão tocar-lhe o ombro.

— É proibido atirar coisas no rio.

Ele mostrou para o policial a cara pasmada.

— Mas era um maço de cigarro, um maço vazio.

— Mas não pode. É a lei.

Miguel sorriu, concordando.

— O senhor tem razão — disse e levantou a mão para a aba do chapéu. Interrompeu o gesto. — Toda razão. Não vou repetir isso, prometo.

Mancando um pouco, atravessou a ponte e sumiu no nevoeiro.

O Espartilho

Tudo era harmonioso, sólido, verdadeiro. No princípio. As mulheres, principalmente as mortas do álbum, eram maravilhosas. Os homens, mais maravilhosos ainda, ah, difícil encontrar família mais perfeita. *A nossa família,* dizia a bela voz de contralto da minha avó. *Na nossa família,* frisava, lançando em redor olhares complacentes, lamentando os que não faziam parte do nosso clã. Uma orfãzinha como eu seria a última das órfãs se todas as noites não agradecesse a Deus por ter nascido no seio de uma família assim.

Não havia o medo. No princípio. E por que o medo? A casa do vizinho podia ter sido edificada sobre a areia mas a nossa estava em terra *firmíssima,* acentuava minha avó, ela gostava das citações bíblicas. Que importavam as chuvas, os ventos? A primeira imagem que tenho de mim mesma é a de uma menininha de avental azul, instalada na almofada de veludo na sala de visitas com um vago cheiro de altar. Ao lado, minha avó com seu tricô. Tinha uma sacola da qual não se separava e onde levava tudo: chaves, óculos, dinheiro, agulhas... O casarão era enorme com seus quartos e corredores que não acabavam mais. Enfiando tudo na sacola, evitava a caminhada de voltar ao quarto para pegar a tesourinha. Organizado o programa do dia, ela ia para a sala, punha a sacola de seda no chão e retomava o tricô. Às vezes permitia que eu abrisse o pesado álbum vermelho de cantoneiras de prata. Muitos retratos já não tinham mais nenhum mistério, mas sobre outros respingava suas reticências: "Um dia, Ana Luísa, quando você for maior...".

Nunca chegou a me contar nada, tive que ir tateando, uma palavra aqui, um gesto lá adiante. Um objeto. Uma carta, peças que eu ia juntando enquanto esperava pelas tais revelações. O que teria acontecido com Tia Bárbara, a bela tia de olhos amendoados e boca de quem ia mostrar os dentes, um pouco mais que o fotógrafo esperasse. Não esperou. Os dentes continuaram escondidos, os dentes e o resto. Fiz minhas perguntas e minha avó franziu a testa: "Um dia ela saiu para comprar rendas e nunca mais voltou. Era um pouco nervosa, a querida Bárbara". Sim, eu saberia de tudo *direitinho* quando crescesse. Saberia ainda o que aconteceu com outra tia misteriosa, a Tia Ofélia. "Tomou veneno em vez de magnésia fluida, os vidros tão parecidos. Morreu um mês depois do casamento", informou minha avó. Preferia falar sobre o avô com sua sobrecasaca negra e pastinha na testa. Posando sempre de perfil, as mãos apoiadas na bengala de castão de prata, o queixo forte ligeiramente apoiado nas mãos sonhadoras. Morreu ainda jovem, de uma queda de cavalo. "Este aqui foi tirado uma semana antes do acidente", acrescentou. E exibiu o avô elegantemente montado num cavalo também de perfil. "Era um homem justo. Que Deus o guarde."

Deus devia guardar ainda o Tio Maximiliano com seus maliciosos olhinhos verdes, "Toda a nossa família tem olhos verdes". E minha avó fixou em mim os olhos verde-água. Uma sobrancelha do tio era bem mais alta que a outra, numa expressão que combinava com a dos lábios irônicos, de cantos para baixo. Casara-se com uma inglesa. E se transformou no mais poderoso homem de negócios da época. Fundou fazendas, cidades.

Eu ficava pensando. Fundador de fazenda, vá lá, mas fundador de cidades?... Cidade era uma coisa enorme, complicadíssima. Um só homem poderia construir aquilo tudo? Na página seguinte, vinha a carinha contente da inglesa de cachos e dentinhos separados. Tinham-se conhecido a bordo de um grande navio, quando Tio Maximiliano voltava da Europa. Tiveram onze filhos. "Eram felicíssimos", suspirou minha avó raspando com a ponta da unha os furos que serpenteavam por entre a gola de marinheiro da inglesinha. "Que pena, os bichos estão comendo..."

Os mortos já tinham sido devorados. Agora era a vez dos retratos. Nem o laço de fita que prendia a cabeleira de tia Consuelo fora poupado. Só os olhos em forma de amêndoa permaneciam inteiros. Eu sabia que Tia Consuelo tinha entrado para o convento e lá morreu pouco tempo depois. Mas por que o convento? Minha avó tomava seu ar nostálgico, Vocação. Muito sensível a pequena Consuelo, uma santinha. Ao completar vinte anos, viu um anjo sentado aos pés da cama. Nesse dia disse, vou ser freira. Lembrava um pouco Santa Teresinha.

Quando Margarida resolveu contar os *podres* todos que sabia naquela noite negra da rebelião, fiquei furiosa. Ela disse *podres* e essa palavra me acertou como um soco, *podre* era podre demais, ah! carnes escuras, lixo, moscas... Se ao menos tivesse dito *potins,* minha avó diria *potins.* Mas Margarida não sabia francês. Nem eu.

É mentira, é mentira! gritei, tapando os ouvidos. Mas Margarida seguia em frente: Tio Maximiliano se casou com a inglesa de cachos só por causa do dinheiro, não passava de um pilantra, a loirinha feiosa era riquíssima. Tia Consuelo? Ora, Tia Consuelo chorava porque sentia falta de homem, ela queria homem e não Deus, ou o convento ou o sanatório. O dote era tão bom que o convento abriu-lhe as portas com loucura e tudo. "E tem mais coisas ainda, minha queridinha", anunciou Margarida fazendo um agrado no meu queixo. Reagi com violência: uma agregada, uma cria e ainda por cima, mestiça. Como ousava desmoralizar meus heróis? Não, não podia haver nenhuma sujeira de ambição e sexo nos corações espartilhados dos mortos do álbum. Usavam espartilho, até tia Consuelo com sua cintura de vespa e peitinhos estrábicos, cada qual apontando para um lado. Assim como os meus olhos.

Fiquei em pânico. E que história era essa de dizer que minha mãe era judia? Até isso Margarida veio me trazer, por acaso alguém a poupou? Pois então escuta. Escutei.

Eu aprendi com minha avó a classificar as pessoas em dois grupos nítidos, as pessoas boas e as pessoas más. Tudo disciplinado como o material de um laboratório de química onde o Bem e o Mal (com letra maiúscula) não se misturavam jamais. Às vezes, o Diabo entrava sorrateiro nas casas e vinha espionar por detrás de alguma porta para saber o que estava acontecendo. Mas se via pairando um anjo no teto, enfiava o rabo entre as pernas e ia cabisbaixo arengar em outra freguesia. Pensava assim. Queria que fosse assim. Tia Consuelo uivando de desejo na dura cama de um convento, tio Maximiliano fazendo dinheiro à custa da mal-amada inglesa, tia Ofélia se matando um mês depois do casamento e minha mãe com seu nome judeu e seu violino — mas que família era essa que ela me apresentava? Gente insegura. Sofrida. Que eu teria amado muito mais do que as belas imagens descritas pela minha avó. Mas tive medo ao descobrir o medo alheio.

Não podia aceitar o medo dessa gente e que parecia maior ainda do que o meu. Fiquei confusa. Aprendera a acreditar na beleza e na bondade sem nenhuma mistura. Tinha o Céu. Mas o Inferno era uma ideia remota, romanticamente ligada à ideia de mendigos e criminosos — toda uma casta de gente encardida, condenada a comer na vasilha dos porcos e a viver nas prisões. Lembrados rapidamente no meu Padre-Nosso. E esquecidos como devem ser esquecidos os pensamentos desagradáveis. "Higiene mental, menina!", ralhou minha avó quando recusei um bife porque estava com pena do boi. Devia pensar em borboletas quando estivesse mastigando bois e em bois quando espetasse as borboletas com alfinetes, minha professora encomendara um trabalho sobre lepidópteros. "Não quero uma neta vegetariana, o vegetariano é sempre mórbido. Vamos, os bois nasceram para ser comidos, se não por nós, por outros."

Aprendi desde cedo que fazer higiene mental era não fazer nada por aqueles que despencam no abismo. Se despencou, paciência, a gente olha assim com o rabo do olho e segue em frente. Imaginava uma cratera negra dentro da qual os pecadores mergulhavam sem socorro. Contudo, não conseguia visualizar os corpos lá no fundo e isso me apaziguava. E quem sabe um ou outro podia se salvar no último instante, agarrado a uma pedra, a um arbusto?... Bois e homens podiam ser salvos porque o milagre fazia parte da higiene mental. Bastava merecer esse milagre.

No livro de histórias que li escondido debaixo do colchão tinha o caso da mulher que amou um padre e virou mula sem cabeça. A metamorfose era inevitável. No caso de tia Bárbara teria acontecido um milagre? foi o que em primeiro lugar me ocorreu quando Margarida contou no seu acesso de fúria que a bela senhora não foi comprar rendas e sim se encontrar com um padre jovem com o qual teve seis filhos. Se tivesse sete, o sétimo seria lobisomem. Estremeci. A severa dama do retrato era agora um cavalão descabeçado, tombando aos pinotes no abismo. "Ela sofria dos nervos", tinha dito minha avó antes de passar depressa para outro assunto. Sobre minha mãe as referências também eram rápidas. Superficiais. Sob qualquer pretexto evocava-se a figura do meu pai com sua inteligência, seu humor. Eu não sabia o que era humor, mas se isso fazia parte do meu pai, devia ser uma qualidade. E minha mãe? Por que continuava isolada no seu cone de silêncio?

É mentira, Margarida. É tudo mentira — fiquei repetindo enrouquecida de tanto protestar. As largas tábuas do assoalho oscilavam sob meus pés. Avancei de punhos fechados. Cala a boca! Chega! E continuei ouvindo a voz despedaçada prosseguir despedaçando todos. Em meio do meu atordoamento, me ocorreu que Margarida ia escurecendo enquanto falava, ela que chegara a ser quase branca quando se preparava para ver o namorado. Tinha os cabelos eriçados feito uma juba enlouquecida. Os lábios ficaram cinzentos: atirava-se às palavras como quem se atira ao fogo. Falou também sobre suas origens, ah, não tinha ilusões. Falou na avó, na preta Ifigênia. Desde mocinha Ifigênia engomava a roupa da família, o ferro atochado de brasas, era a idade da goma. As camisas lustrosas. As saias lustrosas, duras. Quando ela engravidou, Tio Maximiliano foi mandado às pressas para a Europa, todos sabiam. E ninguém sabia nada. Com a mesma pressa com que o jovem embarcou foi providenciado para ela um casamento. O escolhido era um agregado da família (tantos agregados!) que era sargento e gostava de tocar violão. O menino nasceu de olhos verdes. O sargento sumiu quando a criança morreu de pneumonia. Pronto, devia ter dito minha avó, tudo está resolvido. "Deus sabe o que faz." A segunda gravidez de Ifigênia já foi tranquila, reapareceu o sargento. Nasceu uma menina. "Vamos batizá-la com o nome de Florence", sugeriu meu avô, o da pastinha, ele tinha paixão pelos romances de Florence Barclay. Minha avó se opôs, "Imagine, um nome aristocrático para a pobrezinha!". Se era para recorrer a romances, por que não *A Escrava Isaura*?

Ifigênia e seus ferros de engomar. Tinha uma "dor no peito que respondia nas costas". Quando fechou os olhos espiritualmente reconfortada, Isaura era ainda menina. Foi mandada para o asilo, que lá acabasse de crescer até chegar ao ponto de poder trabalhar. Não trabalhou. Chegando à idade de recompensar a família por tamanhos transtornos, ficou tuberculosa, igual à mãe. No sanatório, apaixonou-se por um enfermeiro polonês, chegou a ter alta quando engravidou. Morreu um mês depois do parto. Minha avó se horrorizou, "Mas essas moças acabam sempre perdidas? Perdidas e doentes. Ainda por comodidade", teria dito. Era primavera, o jardim estava cheio de margaridinhas azuis quando chegou a criança em casa. "Vai se chamar Margarida", determinou minha avó. Levou-a para um orfanato com a condição de ir buscá-la um dia. Quando Margarida completou dez anos, exigiu-a de volta, eu precisava de uma pajem. E a nova criada da casa precisava de alguém para ajudá-la a lavar e cozinhar. No baú de Margarida veio um retrato do pai polonês que há muito desaparecera completamente: um homem louro e forte, de queixo quadrado e riso inocente. Os braços cruzados e o avental branco. Margarida pregou o retrato com tachas na parede do quarto, ao lado da cama, "Não sou parecida com meu pai?". Quando brigávamos, eu dizia que ela era a cara de Isaura. "Mas se você não conheceu minha mãe!", protestava. Mas conheci sua avó, mentia-lhe com candura. Ela então entrava debaixo da cama e começava a chorar.

Depois do jantar, Margarida foi ao meu quarto e pediu o lápis emprestado, "Depressa, aquele seu lápis preto, quero pintar os olhos!". Era sábado. Dei-lhe o lápis. Sua beleza insólita revelou-se para mim naquele instante em que se preparava para o primeiro encontro de amor. Eu desenhava um vaso de orquídeas. Mas minha avó vai deixar você ir? Respondeu num sussurro: "Ela não sabe, vou escondido!". E suplicou que lhe deixasse usar minha água-de-colônia. Foi nesse instante que minha avó entrou no quarto. Sentou-se. Tirou o tricô da sacola. Baixei os olhos para o desenho das orquídeas: cedo, bem cedinho eu já lhe passara a informação, a Margarida está namorando o filho do Doutor Peninha. Minha avó fazia o doce de goiaba e pediu para que eu provasse, não estaria faltando açúcar? A memória do cheiro das goiabas esmagadas no tacho de cobre voltou a me envolver com seu hálito ardente. Era esse o cheiro da traição. Quando viu a avó, Margarida recuou com o vidro da água-de-colônia que tinha acabado de abrir. "Margarida, pode ir lavando a cara que você não vai ver esse moço. Ele é branco, querida. De família importante. Eu seria uma criminosa se consentisse nesse namoro."

Sua primeira reação foi negar. Mas logo percebeu que era inútil, a outra estava muito bem informada. Começou então a suplicar, puxando os cabelos e chorando, chegou a deitar no chão. Continuei desenhando e borrando o desenho com o suor da minha mão. "A gente se ama, Madrinha, a gente se ama!" Minha avó guardou as agulhas na sacola e levantou-se. Era o aviso, assunto encerrado. Resmungou antes de sair. "E como insiste!" Nessa hora vi no espelho minha cara comprida. Os olhos naquele olhar baixo, enviesado. Margarida agora dava murros no assoalho, "Bruxa, Madrinha é uma bruxa!". Não sou boa, pensei. Sou má. Fiz uma careta maligna, amiga e confidente. Inimiga e delatora. Agora não podia mais parar até ter certeza de que o padre me negaria a comunhão. Voltei à mesa. As orquídeas que desenhei me pareceram monstruosas. Rasguei a folha e sentei no chão ao lado de Margarida. Dei-lhe meu lenço para enxugar a cara. Não fique assim, querida, pedi. Minha avó tem razão, agora você vai arrumar um outro namorado que seja assim da sua cor, presta atenção, da sua cor.

Ela me devolveu o lenço e enxugou os olhos na barra da saia. Passou as mãos pela cabeleira eriçada. Estava rouca de tanto chorar: "Você é igualzinha, disse. Igualzinha". No começo falou com brandura mas aos poucos foi se exaltando. Fechei depressa a porta, Você está gritando, Margarida, minha avó vai ouvir! Mas ela prosseguia desencadeada, a cara lívida. Foi então que disse que minha mãe era judia.

Mentira, mentira! fiquei repetindo. Ela se levantou feito uma labareda. Mentira?!... Fiquei encolhida, a mesma náusea do Domingo de Páscoa, quando comi um enorme ovo de chocolate. Ela sabia tudo. Fiquei ouvindo até o fim. Em meio do pesadelo que tive esta noite vi passar numa voragem Tia Consuelo, Tio Maximiliano, Tia Ofélia... Tia Consuelo vestia seu hábito todo rasgado e dançava em prantos, agarrada a um homem. Tia Ofélia corria ao redor da cama, a mão escondendo os seios, a outra, escondendo o sexo, "Essa sua tia era louca ao contrário, tinha horror de homem, fugia espavorida do marido". Visualizei esse marido correndo atrás dela, "Para com isso, Ofélia, para com isso!". Senti na boca o fervilhar da magnésia fluida que ela bebeu de um só trago, não é magnésia, tia, é veneno! Degolada e nua, vinha agora Tia Bárbara, metade mulher, metade cavalo, "Vou comprar rendas!". Desviei-me de uma batina negra que mal cobria os cascos fendidos de um fauno e fui de encontro à minha mãe. Ela veio vindo com seu violino debaixo do braço e cabeleira ressequida, igual à do judeu David, da loja de antiguidades, Na Alemanha eles estão pisando em judeus como se pisa em baratas!...

Acordei de madrugada. A voz de Margarida ressurgia estraçalhada e ainda assim, nítida, repetindo que minha avó não foi ao casamento do filho porque a moça era judia, Na Alemanha a nossa pequena Sarah já estaria liquidada... Mas quem te contou tudo isso? perguntei e no escuro a cara de Margarida era um cogumelo úmido, escorrendo tristeza: "Fiquei sabendo, meu bem. Sei de mais coisas ainda. Coisas...". Acendi a luz. Da véspera ficara apenas uma pequena mancha de lágrimas na larga tábua rosada do chão. Comecei a tremer. Minha mãe, judia? Mas era horrível ser judeu, todos viviam repetindo que era horrível. "Ainda prefiro os pretos", ouvi minha avó cochichar a uma amiga. E leu alguns trechos de um discurso de Hitler, publicado numa revista. A amiga me viu e teve um gesto qualquer que não completou. Então minha avó me fez uma carícia: "Não tem perigo, ela é Rodrigues até no andar".

Entendia agora certas palavras. Certos silêncios. Entendia principalmente a insistência com que se referiam às minhas semelhanças com meu pai. De resto, na minha memória ficara pouco de ambos: tinha a ideia de que ele era um homem alto e risonho. Quanto à minha mãe, meio vagamente eu me lembrava de uns olhos pálidos — seriam azuis? — e de umas mãos louras, assustadas. Mais forte era o perfume do creme que ela usava nas mãos, minha prima usava esse creme e de repente tive quase inteira a sua imagem, tal como me apareceu pela última vez, de vestido lilás, segurando o violino. Seria bonita? Certamente não, bonito era o pai. Devia ter medo, isso sim. Mais forte do que tudo eu sentia nela o medo e foi com a tinta amarelo-negra desse medo que fui esboçando seu perfil. Sarah Ferensen. Sarah e Marcus Rodrigues, estava gravado no mármore do túmulo.

Morreram num desastre de trens. "Mas não usa mais ninguém morrer em desastre de trens. E justo seu filho e nora...", comentou uma amiga da avó. Essa amiga tinha os dentes azulados de tão brancos, fiquei impressionada com a perfeição dos seus dentes. Margarida riu de mim: "Tudo postiço, bobinha". E acrescentou que minha avó vivia dizendo que essa amiga era *detraquê*, chegou a ir ao dicionário, o que queria dizer *detraquê*? Mas não encontrou essa palavra. A amiga podia mesmo ser meio idiota mas o comentário que fez sobre meus pais gravou-se em mim, inesquecível como sua dentadura. Mas não se usava mais esse tipo de morte!...

Pois a moda devia ter voltado porque o trem descarrilhou e ambos foram encontrados juntos debaixo da engrenagem, contou minha avó. Os ossos ficaram moídos mas as caras estavam intocadas. Com essas mesmas palavras, contei a Margarida o desastre mas ela já conhecia até os pormenores. Impressionou-se com a palavra *engrenagem*. Foi ao dicionário que ficava na primeira prateleira da estante envidraçada.

Desde que aprendeu a ler, apaixonou-se pelas palavras, principalmente por palavras novas, de significado desconhecido. Tomava nota da palavra misteriosa, guardava o pedaço de papel no bolso. "E agora, ao Pai dos Burros!", anunciava na maior excitação. Tamanha curiosidade enervou minha avó: "Essa menina já está parecendo uma intelectual. Quanto mais souber, mais infeliz será". Para não chamar mais a atenção da Madrinha, passou então a fazer suas consultas de modo disfarçado. Estava triunfante quando veio me anunciar que naturalmente ela quis dizer *ferragem* e não *engrenagem*. Debaixo das ferragens, os dois enlaçados.

Sarah Ferensen. O *F* com um ponto, não era Ferreira, não era Fernandes, era Ferensen. Metade do sangue de Margarida era negro mas a metade do meu. Fechei a janela. Fechei os olhos. Explicava-se assim o silêncio em torno da minha mãe. Sua ausência no grande álbum, a avó chegou a justificar, "Sarah detestava tirar retratos". Com a ponta do dedo, desenhei um *J* no vidro embaçado pelo meu hálito. Apaguei-o. Teria agora que fazer como Margarida? Apagar as pegadas da minha mãe — também eu?... Com quatro tachas, ela pregou o retrato do polonês na parede. Com três pregos eles tinham crucificado o Jesus. Podiam ter escolhido o ladrão. Escolheram a ele. Condenados por isso a errarem para todo o sempre sem parada nem sossego, tamanha avidez! Fechei na mão o coraçãozinho de ouro que era de Margarida. Nela, a metade maldita era evidente. E em mim? Fiquei dando voltas ao redor do quarto. Eu tinha uma metade ruim, aquela que intrigava, bajulava. Traía. Nessa metade estava o medo. Seria esse medo que me fazia assim dissimulada?

Fui ver minha avó. Estava na sua cadeira dourada, as agulhas se chocando por entre a malha apertada do tricô cinza-chumbo, duro feito uma cota de aço. Desde que o marido morreu nunca mais tirou o luto que se atenuava naquele cinza pesado. Envelheceu tudo o que tinha de envelhecer e agora permanecia estagnada no tempo, os cabelos brancos. A pele descorada sobre a leve camada de talco com perfume de violeta. Imutável como as próprias conservas que preparava nos grandes boiões de vidro. A cintura ainda fina. Os seios abatidos sobre o espartilho.

"E a Margarida? Amanheceu mais calma?" Fiquei olhando para minha avó com seu sorriso mineral, frio como se tivesse sido cavado na pedra. Sem faltar o talco para absorver uma possível umidade. Assim começávamos os diálogos feitos de perguntas curtas. Respostas curtas como os pontos de tricô tecendo a malha do entendimento. Agora as palavras me intimidavam, mais perigosas do que as centopeias com suas dezenas de patas fervilhando em todos os sentidos — para onde me levariam?

Parou de chorar, respondi e abri o álbum de retratos com uma emoção diferente. O avesso dos retratos, esse estava agora comigo. Descobria que as mulheres do álbum estavam tão apavoradas quanto eu. A respiração curta. A expressão desconfiada, na expectativa — do quê? Enxuguei as mãos úmidas no vestido. O suor brotava amarelo-esverdeado debaixo do meu braço, nos vãos dos meus dedos. A cor do medo. Do mesmo tom sépia dos retratos que se colavam uns nos outros, obstinados. Cúmplices.

"Alguma novidade, Ana Luísa?", perguntou minha avó com seu ar distraído. Eu estaria salva se naquela manhã a enfrentasse. E minha mãe, quero saber a verdade sobre minha mãe, vamos avó, quero a verdade! Em vez de alimentar sua gula de intrigas, acabaria com aquela farsa que estava me aniquilando, falaríamos de igual para igual. Fui esmorecendo, recuando só em pensar na pergunta-chave: minha mãe era judia? Senti a cara arder. Jamais poderia interpelar aquela avó-rainha. Que de resto não me responderia com um *sim* ou *não*, seu estilo era impreciso. Dúbio. Acabaria por fazer vagas considerações sobre o perigo de abrigar estranhos em casa participando da nossa privacidade. Os invasores. Não falaria diretamente em Margarida mas aproveitaria o título do livro que estava lendo e que fazia sucesso no momento, *As Relações Perigosas*, Hum! esses agregados que escutam detrás das portas, que abrem cartas. Gavetas. Sabia que Margarida fora a fonte onde bebi a água escura mas se recusava a falar diretamente no assunto. Preferia as referências meio esgarçadas sobre os dissabores pelos quais passavam as famílias assim grandes. Os parentes perfeitos eram perfeitos e os imperfeitos só podiam ser estrangeiros ou loucos, evidentemente.

Evidentemente, eu disse para mim mesma. Fiz um aceno e fui saindo, Vou fazer minha lição. Ela ainda insistiu, "Nenhuma novidade?". Corri de leve os dedos pelo teclado, o piano estava aberto. Fui para o jardim.

Encontrei Margarida descalça, regando as plantas. Na cara lavada, a expressão de sempre, um pouco mais fria, talvez. "Essa roseira secou?", perguntei. Ela me olhou através do leque de água cintilante, trespassado de luz. "Ainda não se pode saber." Sua voz pareceu-me vir de muito longe. Estávamos próximas como há pouco eu estivera próxima da minha avó. Contudo, se estendêssemos os braços não nos tocaríamos. Tirei a corrente do pescoço e estendi-lhe o coraçãozinho de ouro, "Você me emprestou, Margarida. É seu, estou devolvendo". Ela desviou o olhar indiferente. Era como se eu lhe tivesse estendido algum daqueles pedregulhos do chão. "Não quero mais isso, fica com ele." Pensei em pedir-lhe perdão, fui eu sim! fui eu que contei mas não faço nunca mais, me perdoa, me perdoa! Voltei para o meu quarto. No almoço, senti minha avó irritada, por que eu mastigava fazendo barulho? E por que não segurava direito a faca? Escondi as mãos no regaço e sem saber por que me lembrei da minha mãe empunhando o arco do violino.

Quando Margarida trouxe a bandeja do café, senti os olhos cheios de lágrimas, agora estávamos sós: minha avó, ela e eu. Ainda na véspera, durante o café da manhã a gente trocava olhares e se falava e ria mesmo em silêncio, como os mortos do álbum. Indevassáveis. Felizes. Minha mãe era apenas o vago retrato de uma moça alourada que se chamava Sarah e gostava de música. Tão segura eu me sentia sendo simpática, cordial. Fácil a hipocrisia. Tão fácil a vida. Com que naturalidade me empenhava em conquistar as pessoas, fortalecida no meu instinto de fazer sucesso naquela roda fechada. Como era rendoso o cálculo que vinha mascarado de improvisação. Envelhecer é calcular, aprendi mais tarde. E agora, uma menina ainda — mas como se desenvolvera tanto esse cálculo em mim? Dizer o que as pessoas esperam ouvir, fazer (ou fingir que fazia) o que as pessoas queriam que eu fizesse. Já nem sabia mais quando era sincera ou quando dissimulava, de tal modo me adaptava às conveniências. Margarida chegava a se espantar, mas eu estava falando sério? Como podia dizer à moça do chapéu de palha grená que seu chapéu era bonito? Sentia uma certa vergonha quando ela me alertava. Mas para não me desmoralizar, sustentava a farsa.

"E o que você ganha com isso?", Margarida me perguntou certa vez quando me apanhou em flagrante, eu bajulava uma velha dizendo que parecia ter menos idade, muito menos do que aquela que confessou. "Mas ela está caindo aos pedaços, parece ter o dobro!", zombou Margarida. Fiquei quieta. Com sua franqueza, ela era rejeitada por todos mas eu não provara ainda da rejeição: era a menina delicada, pronta para bater claras de ovos ou recitar nas reuniões de sexta-feira, quando minha avó convidava as amigas da Cruz Vermelha para as chamadas *tardes de caridade*. Passavam horas tricotando ou costurando roupas para asilos e orfanatos, reunidas na grande sala de jantar onde estavam instaladas as máquinas de costura. O rádio ligado, transmitindo notícias do mundo prestes a mergulhar na Segunda Guerra Mundial. Quando chegava a hora da transmissão de programas musicais, aproveitavam para conversar. Falavam todas ao mesmo tempo. Só minha avó conseguia ordenar um pouco os assuntos que acabavam sempre em política. "É o homem do século!", dizia minha avó. Falava de Hitler.

Apesar do respeito que tinham por ela, uma ou outra visitante ousava discordar. "Um líder brilhante, sim, mas já está ficando insuportável com essa mania de racismo! Coitados dos judeus, eles também têm direito de viver, não têm?"

Minha avó lançava em redor seu olhar astuto: num grupo tão variado era impossível não ter judias. Fazia comentários amenos, "Ah, meu Deus! não vamos mais mexer com política". Desligava o rádio e me chamava depressa, "Minha neta agora vai recitar". Eu entrelaçava as mãos na altura do estômago, unia os pés e levantava a cabeça, como aprendera com uma tia que tinha um curso de dança e declamação. Duas ou três poesias não muito longas enquanto lá na cozinha era preparado o chá nos grandes bules de prata. Quando começava o discreto ruído das xícaras, era a hora de interromper, o aviso vinha através de um discreto pigarro da minha avó. "Pronto, querida, agora vá tomar o seu chocolate", com o bule de chá vinha um outro com chocolate. Despedia-me polidamente das senhoras que me aplaudiam na medida exata, sem exagero. Dizia-lhes uma ou outra palavra amável, de preferência um breve elogio sobre algum detalhe do vestuário, aprendera com minha avó a importância de tocar nesse detalhe, o remate de um punho. Um broche. Um botão, elogiava esse botão. E saía afetando não ouvir os comentários que ficavam para trás, "Menina encantadora!".

Eu precisava ser encantadora. Já era o medo mas esse medo me estimulava a amar o próximo, ou melhor, a fazer com que o próximo acreditasse nesse amor. Recebia em troca um juízo favorável e era nesse juízo que me sustentava. Estava aí a resposta à pergunta de Margarida, o que eu ganhava com isso? Essa unanimidade de opiniões e que beirava a admiração. Agora me via esvaziada, rodando pela casa como se procurasse por mim mesma, por aquela outra — mas o que estava acontecendo comigo? Por que perdi de repente a graça da representação?

Nessa noite, depois do jantar, minha avó quis jogar xadrez. Fui buscar o tabuleiro e coloquei as pedras, as pretas eram sempre as minhas. Não tinha a menor dúvida de que ia jogar mal. Viver mal. Fui perdendo as peças todas, uma por uma. Minha avó ficou impaciente. Por que não avança esse cavalo? Aprenda a lutar, menina, vamos, reaja! A rainha branca atravessou o tabuleiro e encurralou meu rei. Não tive por onde escapar. Xeque-mate. Propus uma segunda partida. Que ela recusou, eu estava jogando sem a menor convicção. Sem competição, era uma perdedora conformada.

Apanhei meu bordado. Quis dizer alguma coisa divertida que a fizesse sorrir, quis tagarelar sobre pequeninas perversidades e não conseguia. Era como se minha agulha de linha vermelha que agora varava o pano, no mesmo movimento de zigue-zague, tivesse costurado minha boca. Ela então tomou a iniciativa. Mas essa grande tolice. De Margarida, é claro. Quer namorar o filho de um juiz, que loucura. "Uma desfrutável!", rematou ela. Desfrutável. O que seria *desfrutável*? Não podia mais pedir a Margarida que consultasse o dicionário. Fiz um comentário morno, ela namorava esse estudante já fazia algum tempo. Minha avó bebeu o chá de erva-cidreira que esperava na xícara. Falou baixinho, mais para si mesma: "É no que deu. Isso de ficar lendo esses romances enjoados de moça pobre que se casa com o primo rico, eu sabia que essa mania de leitura não ia dar certo. Passo a chave na estante e acaba essa brincadeira".

"Você mudou muito, Ana Luísa. Estou abismada com essa mudança tão repentina", disse minha avó enquanto podava uma roseira. Estávamos no jardim. Inclinei a cabeça para o ombro num movimento de débil interrogação, Mudei?... E fiquei pensando, ela disse *abismada*. Abismada significava estar num abismo? Outra palavra que eu teria compartilhado com Margarida se fosse ainda o tempo de compartilhação. Mas a avó prosseguia: fazia tudo por mim, os melhores colégios, as melhores roupas. E eu naquela apatia, como se a evitasse. Fechei minha gramática enquanto ia ouvindo suas críticas com o rumor do aço da tesoura que cortava implacável. Vi no chão os galhos caídos, tão viçosos quanto os outros. Como ela soubera distingui-los? Qual seria a lei dessa escolha? Fui me encolhendo no banco de pedra. Assim me cortaria também se não lhe provasse minha força.

"Chego a pensar que você está com medo de mim. Por que esse medo?", peguntou amaciando a voz. Voltei a inclinar a cabeça para o ombro na desolada mímica da submissão. Ela não entendia que era preciso não ter medo para poder justificar o medo. Guardou no cestinho a tesoura e as luvas. O comentário foi num tom distraído, como se falasse sobre o jardim: "Interessante... Você está muito parecida com sua mãe".

Minha cara latejou sob a violência das pancadas do sangue. Escondi-me atrás do livro. Agora as letras despencavam pela página abaixo, tortas. Amassadas. Deixei-as escorrer até pingarem no meu avental.

O chá. Uma ou outra das senhoras do grupo de caridade ainda insistia quando eu entrava com o prato de biscoitos: "Então, queridinha? Não vai mais recitar para nós?". Eu sacudia a cabeça, tão constrangida que elas só podiam se sentir aliviadas com esse corte no programa. Que graça podia ter a menina com aquela cara de macaco exilado lembrando que o amor era um vaso de cristal, Ah! se a ponta de um leque bate sem querer nesse vaso.

"É da idade", explicava minha avó. "Ela está chegando à adolescência, idade ingrata." E a conversa enveredava para as empregadas domésticas, "Essas criadas insuportáveis!", gemia a senhora da boina de veludo. E a moda? alguém lembrava. Grandes demais os enchimentos nos ombros do *tailleur*, influência dos uniformes militares. "Acho um encanto os casacos com botões dourados, comprei um ontem que é igual ao de um oficial da Marinha!", lembrou a senhora grisalha com seu casaco de lontra e pulseiras de ouro que tilintavam nervosamente. O locutor no rádio estava exaltado, a guerra parecia iminente. Minha avó baixou o volume, quis retomar o assunto de sucesso, as criadas. Mas a mulher dos cabelos cor de pinhão queria falar sobre Hitler. O círculo mais próximo concordou, era um homem genial mas meio louco, e se estalasse essa guerra que já parecia inevitável? Entraríamos nela? "É evidente!", exclamou a mulher da boina. Não dormia mais só de pensar que os filhos poderiam ser chamados, agora que Getúlio Vargas estava com os Aliados. "Tenho três filhos homens, por acaso vocês sabem o que isso significa?"

Minha mão tremia quando servi o chá à jovem enfermeira com uma longa capa azul-marinho nos ombros e a pequena cruz de feltro vermelho na touca de linho branco. A conversa ia tomando o rumo detestável. Era como no jogo do *Está Quente,* quando Margarida saía correndo para procurar o bombom que eu tinha escondido. Quando ela se aproximava do ponto suspeito, eu anunciava o perigo e ela se atordoava na excitação, "Está ficando quente, mais quente ainda! Está fervendo!...".

Mas as regras desse jogo não estavam nas minhas mãos. Pedi a Margarida que fosse buscar mais chá e ela obedeceu: parecia incrivelmente satisfeita no seu avental preto de gola de algodão branco. Era a hora do assunto medonho, quando a velhota do casaco de pele cor de caramelo começaria o ataque a Hitler, minha avó teria apenas que dar seu apoio. E eu teria que sair imediatamente da sala mostrando a todos que assumira o Ferensen da minha mãe, sairia pisando duro e batendo a porta atrás de mim, me orgulho de ser judia! Que saibam todos que se não sair agora, nunca mais poderei levantar a cabeça, nunca mais. Ela vai falar, pois que fale! E eu vou largar aqui este bule e vou sair porque não admito que ataquem os judeus na minha frente!

Não foi a velhota quem começou nem houve qualquer interferência da minha avó, que cortava as fatias do bolo: falou foi a jovem de pulôver verde-musgo e colar de pérolas, o chapeuzinho de feltro num tom mais escuro, varado por um alfinete de pérola em formato de pera. A voz aguda pairou sobre todas as outras: "Nesse ponto, estou com a Alemanha. Tem então cabimento? Judeu é judeu e já disse tudo!".

Senti a garganta queimar. Contraí-me inteira, sem poder segurar o bule que larguei na mesa. Margarida veio com seu sorriso e apanhou o bule. Fui indo atrás dela com a pilha de pratinhos para o bolo, queria gritar, morrer e fui seguindo com os pratinhos de porcelana nas mãos. Minha avó olhou nos meus olhos. "Deixa aí os pratos, filha. Eu mesma sirvo." O apoio inesperado comoveu-me tanto que cheguei a vacilar, segurei no espaldar da cadeira. Ela sabe que eu sei. Apenas a situação era outra: o ataque vinha de uma estranha, sua neta estava sendo agredida e agora já consciente da agressão, tinha que ficar do meu lado. E, de um certo modo, do lado do filho até na morte solidário a essa Sarah Ferensen sob as ferragens do trem. Comecei a comer o bolo que era de chocolate e comi o pudim e enchi a boca com biscoitos e mordi um sanduíche. Eu também estava debaixo da engrenagem. Mas viva.

Nessa noite, Margarida me olhou mais demoradamente. Havia nos seus gestos uma delicadeza triste. Disse apenas, "Tenho um outro namorado, pode ir contar a ela. Quer o nome dele?".

Sacudi a cabeça pesada de vergonha, tanta culpa num só dia. O compridíssimo chá. E agora a acusação que me varava feito seta, Não, Margarida, nunca mais vou fazer isso, acredite em mim! Enterrei a cabeça no travesseiro, acredite em mim! Vi que tirou da gaveta uma camisola limpa, estendeu-a ao lado do meu travesseiro. Deve ter se voltado da porta para me olhar uma última vez. Quando fui chamá-la no dia seguinte, encontrei seu quarto vazio. A cama ainda feita e o quarto vazio. Na parede encardida, os furos das tachas arrancadas. E a marca retangular do retrato do polonês.

Minha avó recebeu a notícia com uma calma que me assustou, era como se já esperasse por isso. Cravou em mim os olhos de um verde-turvo e continuou movendo suas agulhas. De modo obscuro, me senti responsável por essa fuga. Ficamos algum tempo em silêncio ali na sala com a mesa posta para o café da manhã. Engoli o café com leite fervendo. Comecei a tossir a tosse do medo.

"Fugiu com ele, é claro, com esse rapaz...", começou minha avó, estalando os dedos. Sua mão roçou pelo meu ombro num gesto impaciente: "É evidente que você sabe e não quer falar. Não importa. Tomarei as providências. Menina pretensiosa. Agora quero uma preta retinta, com a tradição da raça. Princesa Isabel, pois sim! Queria que vivesse ainda para ver em que situação ficamos com os seus sentimentalismos".

A nova empregada chamava-se Joaquina. Minha avó terminou o longo casaco de tricô e comprou a lã para a manta verde-musgo. Foi quando a guerra começou. A guerra, eu ficava repetindo a mim mesma. E ficava olhando o calmo céu de maio, sem nuvens, sem aviões. O nosso casarão na paz do Senhor, como costumava dizer minha avó. A novidade maior é que minhas duas tias apareceram uma tarde com farda de Voluntárias da Defesa Passiva Antiaérea. "Não sejam ridículas, por favor, não banquem as idiotas!", exclamou minha avó quando conseguiu falar. "Mas se houver um ataque", disse Tia Jane tirando o quepe. Alisou os cabelos curtos, duros de gomalina. "Temos que preparar a população para um possível ataque aéreo!" Tia Dulce fechou a cara, concordando com um movimento de cabeça, pois não estávamos em plena guerra? Não tirou o quepe nem as luvas brancas, magoada com as palavras da irmã mais velha. Ameaçou ir embora enquanto passava as pequenas mãos na altura dos seios achatados sob a túnica cinza, como se quisesse se certificar de que eles ainda continuavam ali. "Por favor, não venha com ironias. Somos voluntárias, querida. Um pouco mais de respeito!" Minha avó se desculpou, não quisera ser rude, imagine. E fez uma pausa para as amenidades, como era do seu estilo. Mandou servir sorvete de creme avisando que fora feito em casa. E onde estavam os sequilhos? A broa de milho. Só então recomeçou com voz adocicada, como se lidasse com duas criancinhas: "Não vai haver nenhum ataque, minhas queridas. Estamos tão longe do cenário, longe de tudo, eles não vão nem tomar conhecimento aqui da América Latina. E mesmo que tomassem, o que vocês poderão fazer para defender essa população?...". Ficou olhando da janela as irmãs atravessarem o jardim no seu passo marcial. Arqueou as sobrancelhas. E recolheu o apito que Tia Jane esquecera na poltrona. "Voluntárias da Defesa Antiaérea. Duas *detraquês.*"

A guerra estava lá longe, disso eu também sabia. Mas havia os jornais. As revistas. Os documentários nos cinemas. E o rádio com aquele locutor histérico metralhando as informações. Milhares de judeus de mãos úmidas estavam sendo massacrados. Lá longe. Chegavam até nós os horrores que aconteciam dentro e fora das cidades mas tudo de mistura com o anúncio de vitórias retumbantes. Derrotas. E os hinos exaltados. As bandeiras. Passei a detestar os jornais. A evitar o noticiário no rádio. Fechei-me no quarto com meus livros. Com meus discos. Ouvia música e lia, lia sem parar. Minha mesada ficava quase inteira nas livrarias. Inventei de fazer um curso de línguas mais para justificar minha porta sempre fechada, Preciso estudar, avó. Os exames, eu justificava. E ficava horas estendida na cama, comendo tabletes de chocolate. Passava a mão nos meus objetos conhecidos, sem surpresas, sem imprevistos. Abraçava meu pequeno urso de pelúcia puída e dormia com a cara encostada no seu focinho. Às vezes, falava no ouvido da minha boneca de vestido de tafetá rosa antigo, completamente desbotado. Só queria usar sapatos já gastos, afeitos aos meus pés. E roupas de cores tímidas, que não despertassem a atenção de ninguém — ah! se pudesse ficar sempre assim quieta, sem ser notada pelas gentes, pelos deuses. Nos feriados, metia-me em cinemas com os meus chocolates, mas na hora dos documentários de guerra, fechava os olhos.

Minha avó parecia se controlar para não perder a paciência. "Essa guerra, mesmo assim distante, tem perturbado algumas pessoas", disse mais de uma vez. E me encarava. Eu não respondia. Quase não nos falávamos. Ela me via sair e entrar com meus livros mas não fazia perguntas, queria mostrar que tinha confiança em mim. Não fiz nada de errado, avó, eu disse quando inesperadamente me interrogou certa tarde. "Eu sei disso", respondeu. E através de uma ou outra observação acabou por confessar que me achava incapaz de cometer os tais desatinos, não tanto por virtude mas por pura falta de imaginação. Nos domingos, eu chegava a assistir três filmes seguidos: era quando me sentia livre, tão envolvida com as histórias alheias que me empolgavam de tal jeito que era uma violência voltar para uma outra realidade que só me fazia sofrer. Chegava a me assustar quando Joaquina vinha bater na minha porta. Ou me puxava pelo braço, gaguejando, "O al-al-almoço...".

E se eu fizesse esportes? Presenteou-me com o título de sócia de um clube elegante, presenteou-me com uma raquete, e se eu jogasse tênis? Deixei a raquete fechada no armário. Quando ia ao clube era para ficar lendo debaixo de uma árvore. Ou vadiando pelo gramado. Não tinha amigos. Quando me sentia por demais deprimida, entrava numa confeitaria e ficava comendo doces, sem olhar para os lados.

Há muito ela já tinha desistido de fazer de mim a jovem charmosa. Brilhante. Mas por quê? devia se perguntar num desconsolo. Por que eu, que começara tão bem, tinha que me transformar naquela mosca-morta, gostava dessa expressão, *mosca-morta*. Perdeu a fé em mim. Não era fácil me perdoar por isso. Cansou-se de inventar estímulos para me fortalecer: eu era fraca, o que significava, não tinha caráter. Ainda assim, investiu contra mim algumas vezes, não era de se conformar rapidamente. Meu cabelo era seu alvo preferido, mas que sabonete estava usando para ele ficar assim murcho? Opaco. A testa parecia maior ainda com o penteado todo puxado para a nuca, quem sabe uma franja? E roer as unhas, meu Deus!

Além de antiestético, não era repugnante viver com as pontas dos dedos metidas na boca? Minha magreza também era exasperante. Agravada com o costume que peguei de andar meio curva, escondendo o busto. Um busto que era uma tábua... De tudo, escapava meu estrabismo, meu pai tinha esse mesmo jeito indefinido de olhar.

Uma noite — era Natal — surpreendi-a chorando quando fui chamá-la no quarto, as visitas já deviam estar chegando. "Simples enxaqueca", desculpou-se assim que me viu. E retomou sua expressão de alheamento. Soberba. Mostrara-se ácida desde cedo, quando soube de mais uma derrota do Eixo: "Culpa desses ingleses! Aconteceu o mesmo quando perdemos a...". Estalou nervosamente os dedos. Como não encontrasse a referência, passou depressa para outro assunto.

A árvore foi armada na sala e ali reuniu-se a família em meio a uma conversa entremeada de frutas secas, vinho e sarcasmos trocados entre minha avó e o grupo mais próximo de parentes que se amavam e se detestavam com igual intensidade. Tarde da noite, quando todos se foram, ela pareceu aliviada. Esvaziou com prazer seu copo de vinho e começou a recolher papéis de presentes e fitas espalhados por todos os cantos. Sentei-me no almofadão para comer sossegada minha fatia de peru. Então ela veio criticar meu vestido, por que aquele vestido antigo? E o cabelo com a fivelona puxando tudo para a nuca, mas será que eu não via como esse penteado me deixava feia? Respondi-lhe que gostaria muito de ser bonita, ah! quem me dera. Não achou a menor graça na resposta. Foi até a árvore e apagou a velinha vermelha que pingava a cera no tapete. "Isto é polêmica, filha. Sua negligência é contra mim." A senhora então acha que sou infeliz só para desgostá-la? perguntei apertando o estômago, os medrosos sofrem do estômago. Mas ela não ouviu, falava agora com Joaquina e a outra agregada que viera ajudar na ceia.

No quarto, cortei uma franja rala na testa. Saiu torta. Fiquei me examinando no fundo amarelado do espelho. E se casasse? Seria uma forma de me libertar, mas no lugar da avó, ficaria o marido. Teria então que me livrar dele. A não ser que o amasse. Mas era muito raro os dois combinarem *em tudo,* advertira minha avó. Nesse *em tudo* estava o sexo. "Raríssimas mulheres sentem prazer, filha. O homem, sim. Então a mulher precisa fingir um pouco, o que não tem essa importância que parece. Temos que cumprir nossas tarefas, o resto é supérfluo. Se houver prazer, melhor, mas e se não houver? Ora, ninguém vai morrer por isso."

Ninguém? Pensei nas mulheres do álbum. Tirariam as joias. Os vestidos. Hora de tirar o espartilho, tão duras as barbatanas. Os cordões fortemente entrelaçados. Se deitariam obedientes, tremendo sob os lençóis. "Ninguém vai morrer por isso." Mas há muito elas estavam mortas.

Na manhã seguinte, com naturalidade, enquanto lia o jornal, minha avó falou em Margarida: "Afinal, não fugiu com o antigo namorado, fugiu com o primeiro vagabundo que encontrou na esquina, um desclassificado. Preto. O delegado quis saber se devia tomar alguma providência. Que providência? Agora é melhor deixar. Preto, imagine. Criar uma menina como filha e saber que foi deflorada por um preto. Enfim, há coisas piores ainda", acrescentou e voltou a mergulhar no noticiário político do jornal.

A virgindade. As jovens se dividiam em dois grupos, o das virgens e o grupo daquelas que não eram mais virgens, onde estava Margarida — uma agressão direta contra a família. As virgens percorreriam seu caminho com óleo suficiente nas lamparinas, mas as outras, as virgens loucas, estas se perderiam na escuridão fechada por espinhos. Desmoralizadas, acabariam na solidão, isso se não sobreviesse algo de pior e que minha avó evitava mencionar. Levantava a mão e punha-se a sacudi-la profeticamente, "Não gosto nem de pensar!...".

Ia começar a batalha do casamento. Batalha? Nome demais pomposo, não haveria nenhuma batalha, eu devia apenas me casar cedo, destino natural das jovens assim obscuras. E sem ambição. "Não quero fechar os olhos antes de deixá-la em segurança", costumava dizer. E segurança era ter um marido. O risinho vinha em seguida, quando perversamente se referia às minhas tias solteiras, essas *encalhadas*. Então eu pensava naqueles navios abandonados no porto, a ferrugem. O mofo. Guardei na gaveta o corte de lã que me deu para um *tailleur* e fiquei folheando o figurino francês que veio no pacote, modelos lindos, mulheres lindas. Casar. O importante era não deixar passar a idade de ouro. O brilho da juventude — o modesto brilho que havia em mim — era breve. "Veja, querida, essa sua Tia Rosana. Borboleteou tanto e agora inventou de ser poetisa só para chamar atenção, coitada. Poemas eróticos, imagine. Olhem para mim! ela quer dizer. Encalhou e fica fazendo onda, estou em pleno mar!"

O figurino francês era um aviso: precisa se enfeitar, Ana Luísa. Eu resistia. Por que resistia? Só para irritá-la, era isso? Pensei em minha mãe com seu violino inútil. Com sua morte inútil. Dela, ficou o nome que eu renegava. O medo. A guerra já estava no fim, os judeus iam ser deixados em paz de agora em diante. Mas até quando? Se ao menos a minha mãe tivesse vivido para me cobrir de beijos e me dizer que eu devia levantar a cabeça e rir dos tolos, dos enfatuados com seus preconceitos, com suas mesquinharias, Vai, Ana Luísa! Não sabe então o quanto é bonita e inteligente e graciosa?... As lágrimas escorreram intactas pelas páginas acetinadas do figurino, marcando de leve as *lingeries* de cetim com rendas. Fora cômodo para ela morrer assim jovem, enlaçada ao seu amado. Mas e eu?

Este não serve porque já está um pouco calvo e a roupa é horrível, pensei me desviando do homem ajoelhado à minha esquerda. O homem da minha direita usava um perfume discreto, da melhor qualidade. E aquele perfil de

Humphrey Bogart, faltava apenas o cigarro. Ao seu lado não havia nenhuma *patroa*, tinha ido à missa desacompanhado. Queria ver agora suas mãos mas estava de braços cruzados, e as mãos?! Com o rabo do olho notei que estendeu a mão esquerda para pegar o missal no banco. Meu suspiro virou quase um gemido: no anular estava a aliança de ouro que achei grossa demais, um exagero de aliança. Fiquei sorrindo e olhando para a pintura do teto da igreja onde anjos diáfanos esvoaçavam entre guirlandas de flores se despetalando ao vento. Senti que minhas ideias também se despetalavam e eu mesma ia assim sem sentido como as flores da pintura. Culpada, era melhor não ter ilusões, me sentiria sempre culpada. Mas sem ressentimento, desejei fechando com força os punhos. Relaxei. Agora me distraía em imaginar as difíceis posições que o pintor tomara para pintar aquele teto. Um anjo maior, de cabelos assim castanhos como os meus, parecia me encarar, ligeiramente estrábico. Troquei com ele um olhar de cumplicidade, Tu também?... O homem calvo já pedia licença para passar, a missa terminara. Era a primeira missa do ano e minha avó não tinha aparecido. Pregava a necessidade de praticar todos os sagrados mandamentos mas não seguia nenhum. Chegava a sugerir que entre Deus e ela existia um secreto entendimento. Estava dispensada desses rituais. Joaquina também estava dispensada mas por outros motivos, "Primeiro a obrigação e depois a devoção", minha avó costumava dizer. Ficar em casa trabalhando ainda era a melhor forma de agradar a Deus.

Chovia. Fiquei no alto da escadaria da igreja, olhando a rua. Foi então que Rodrigo veio me oferecer o guarda-chuva. Você estava na missa? perguntei e ele riu e não respondeu. Em romances e no cinema eu já tinha visto demais a fórmula fácil de dizer, Que extraordinário! Tenho a impressão de que já nos conhecemos há tanto tempo.

Não tive a impressão, tive a certeza: ele apareceu de repente e me ofereceu o guarda-chuva. Deixei-me levar com a mesma naturalidade com que foi me conduzindo. Falava alto. Ria alto. Mas não era vulgar. Tinha nos gestos a agilidade premeditada de um bailarino. Sua mão segurava meu braço com algum desprendimento, permitindo que me desvencilhasse se quisesse. Não quis. Fiquei completamente perturbada quando o encarei mais de perto e tive uma outra certeza, a de que seríamos amantes.

Ainda uma vez, perguntei-lhe, mas se não estava na missa, onde estava? Ele riu o riso contagiante, "Você faz perguntas feito um detetive". Vestia um elegante impermeável preto mas o guarda-chuva era velhíssimo, da pior qualidade. Entramos num café. "Vou fazer seu retrato assim mesmo como está, de pulôver vermelho e meio vesguinha, você é meio vesguinha", disse e pediu um conhaque. Pedi um chá. E apontei para o mostruário de cigarros e chocolates, baixei o tom de voz, Quero também um daqueles tabletes, o maior. Desembrulhei o tablete de chocolate no colo e disfarçadamente fui levando os pedaços à boca enquanto ele dizia que era pintor mas sua paixão verdadeira era o jazz, "Um dia ainda vou dirigir uma orquestra de jazz".

Na semana seguinte já estávamos nus debaixo de sua manta de lã, ouvindo seus discos. "Se houver prazer, melhor ainda", disse minha avó. "Mas esse prazer é raro." Principalmente rápido, descobri e me abria inteira para fazê-lo feliz porque ele ficava feliz. Queria vê-lo esgotado, queria que seu corpo harmonioso e rijo desabasse amolecido ao lado do meu tão tenso. Com medo de vê-lo me afastar de repente, desativado. Desinteressado. Quando esse medo foi diminuindo, começou a crescer o prazer. Ele notou a mudança, creio mesmo que esperou por essa mudança, meu gozo não era mais submissão. Agora me entregava com tanto amor que precisava me conter para não cair em pranto, Eu te amo, eu te amo! "Se gosta de chorar, pode chorar, Aninha. Não fica com vergonha não", seu hálito soprava ao meu ouvido. E montava em mim com o mesmo fervor escaldante com que montava na sua motocicleta, tinha uma moto italiana. "Quero que faça comigo tudo o que tiver vontade de fazer, chorar, rir, andar no arame, já experimentou andar num arame? Andei num, sabe que é simples?"

Já tinha lhe falado sobre minha avó. Ele quis saber mais. Ouviu-me com a maior seriedade. Às vezes, ria. E eu ficava olhando sua bela cabeça iluminada. "Você está perdendo aquele jeito de quem está debaixo de um monte de pedras. É natural, com essa avó nazista... Também não fica mais olhando para os lados, como se fugisse da polícia, ah, Aninha, não é mesmo bom ser feliz?"

Tinha quatro anos mais do que eu, cursava vagamente um vago curso de admissão, pintava, ouvia jazz e ganhara uma bolsa de estudos para a Irlanda. Por que Irlanda? lembrei-me de perguntar. Ele ficou pensando. Os cabelos louros eram crescidos, o que fazia as pessoas estranharem, mas como um jovem tinha cabelos compridos assim? A guerra não ensinara o corte rente, severo? A moto também despertava curiosidade, diferente das outras que já começavam a aparecer. Tinha mãos finas, bem cuidadas.

"Sou um trota-mundos", disse. "Calhou de ser a Irlanda, então, Irlanda! Vai comigo, Aninha? Mas quero fazer antes seu retrato." Falava muito nesse retrato. E nas viagens fabulosas que faríamos montados na moto. Ou num jipe. Eu sabia no fundo do coração que não ia haver nem retrato nem viagem. Mas era uma alegria participar dos seus planos, discutir esses planos. Não sendo para a Alemanha, eu disse. Sou judia. Pelo menos, metade judia, contei-lhe durante um almoço. Agarrou minha mão: "Se me prometer que vai me dar seu quinhão de carne de porco, não direi nada ao garçom, vamos, faço qualquer negócio por um naco de carne de porco!". Rimos ao mesmo tempo enquanto eu enchia meu copo de vinho, já estava aprendendo com ele a gostar de vinho. "Escuta, Aninha, não sinta tanta pena de si mesma! Vai me jurar que nunca mais vai se achar uma coitadinha? Não sei o que será de nós nem nada, mas haja o que houver, vai me fazer isso?"

Os defeitos da minha avó e que eu conhecia bem podiam se resumir em apenas dois, soberba e avareza. Sabia ainda que eu tinha esses mesmos defeitos, a diferença é que minha soberba vinha mascarada. Sem a sua coragem. Mas foi no amor que descobri o quanto era mesquinha, egoísta, de um egoísmo feito mais de tristeza do que de outra coisa. Já me confessara a tantos padres mas a verdadeira confissão fiz a ele, Sou ruim, covarde, não te mereço! Ele me acariciava: "No dia em que ficar de bem com você mesma, então vai ser formidável! Eu também andei muito tempo assim meu inimigo mas passou. Somos muito jovens, Aninha, fortes como os bois que nem sabem a força que têm... Acabou a guerra mas logo vai começar outra. E quando não tem guerra, tem guerrilha, e daí? Tudo é bom, faz parte, é vida. O negócio é não se amarrar em nada, ficar com os braços livres para dançar, brigar, amar — ah! Ana Luísa Ferensen Rodrigues. Sabe que tem um lindo nome? Mas tira essa franja, chega de se esconder!".

Assim como escondi minha testa usei de todos os estratagemas para esconder o meu pobre amor. Para esconder principalmente a esperança. Pergunto hoje se desde o primeiro dia em que encontrei Rodrigo debaixo daquela chuva ela já não teria pressentido sua presença. Deixou-me prosseguir por curiosidade, malícia. Como fazia nas nossas partidas de xadrez, quando me animava a lutar, "Avança logo esse cavalo, o que está esperando?". Montei no meu cavalo e galopei pelo tabuleiro numa ingênua exibição de independência. Quando ela achou que eu exorbitava, entrou rápida na partida.

"Domingo a Joaquina vai fazer uma torta de galinha, por que não convida esse moço?", perguntou quando cheguei mais cedo da Faculdade, fazia agora um curso de Letras. O antigo suor umedeceu minhas mãos. Guardei no vestíbulo o cachecol e a boina. Mesmo sem vê-la, sentia seu olhar bondoso. Mas sua bondade me assustava ainda mais. Ouvi minha voz sair desafinada, Não sei se ele vai poder. Atalhou-me rápida, "Claro que pode, filha. Não gosto de vê-la namorando pelas ruas feito essas empregadinhas. Você tem família, uma casa. Aqui ele será bem-vindo".

Corri para Rodrigo, abracei-o com força, beijei-o com desespero, Rodrigo, Rodrigo!... Ela já sabe, não quero que mude nada, não quero!

O domingo luminoso. Ele montou na moto. Montei atrás, agarrada na sua cintura, não deixe, meu Deus, não deixe ele ir embora! Fez um cumprimento respeitoso na direção do casal de velhos que nos olhou com reprovação. Acelerou o motor. "Vovó nazista vai ter um impacto com a minha elegância, veja, minha gravata é assinada, Jacques Fath!"

A gravata não fazia sentido com a roupa desbotada nem com os sapatos de andejo, com prováveis furos nas solas. Lembrei-me do primeiro dia em que nos vimos, a capa preta. O guarda-chuva. Fiquei rindo e chorando e beijando seu paletó amarrotado, cheirando a mofo. "Mas Aninha, o que ela poderá nos fazer?"

Fez. Mesmo de longe devia ter intuído que Rodrigo era instável. Descuidado — essa a palavra. Descuidado. Um amor frágil assim não podia resistir. Nossas primeiras brigas. Quis avisá-lo do perigo das ciladas, Rodrigo, ela não pode gostar de você, sabe que somos amantes, toda essa amabilidade é falsa, não acredite, tem alguma coisa atrás! Ele chegou a se irritar, mas eu estava ficando maníaca? Que tolice! Sabia perfeitamente que ela era uma burguesa inveterada, nasceu assim, ia morrer assim, um tipo. Sabia ainda que era o oposto do homem que ela queria para genro. Corrigiu, para neto. Mas enquanto fosse simpática, que mal havia nisso?

Quase diariamente convidava-o para jantar. Bons vinhos. Pequenos presentes, ficou generosíssima. O sorriso aberto, os olhos apertados enquanto as agulhas metálicas caminhavam debaixo da lã. "Nosso baterista vai pintar o meu retrato", anunciou-me. Reagi. Mas ele não tem dinheiro nem para as tintas, avó. Nem meu retrato conseguiu acabar, é talentoso mas não se organiza, é boêmio... Ela ficou me olhando com inocência. "Mas vou pagar adiantado, querida, fique tranquila, já combinamos tudo." Procurei-o na maior aflição, Você não vai aceitar o dinheiro dela, não vai fazer isso, tem alguma coisa por detrás! Ele ensaiava na nova bateria que trocou pela moto. Me fez um sinal gracioso, que me sentasse e ficasse quietinha, Por favor, quietinha, sim? "Estou criando. Vovó nazista vai ficar para depois."

Discutíamos com frequência a pretexto de tudo. Eu perdia o humor e ele reagia gracejando mas meio infeliz, não tinha agora aquele desprendimento do início misturado à alegria de viver — mas de onde vinha pingando aquele fel? "Você é parecida com ela, uma burguesinha empoeirada", me disse rindo. Eu ria junto mas não ficava uma interrogação dolorida mesmo nos nossos diálogos em torno dos cálculos de futuro? Cálculos. A reconciliação fazia-se no amor total. Pleno. Sem o antigo fervor.

E o retrato, avó? Quando a senhora vai posar? perguntei e ela abriu no colo o cachecol e o gorro verde que estava tricotando para Rodrigo. Fez um comentário sobre esse tom de verde que naquele cabelo amarelo-ouro ia ficar bonito, com um jeito assim de bandeira. Encarou-me. "Ah, sim, pedi a ele que deixasse para a volta, ando com um pouco de enxaqueca. O retrato pode esperar." Não entendi, mas do que ela estava falando, que volta? Ela recomeçou com as agulhas. "Mas então não sabe, filha? Ele não lhe falou sobre isso? Até o fim do mês ele embarca. Aquela viagem que estava programada, não era para a Irlanda?"

Tive que me conter para não jogar longe a xícara de chá que tinha nas mãos. Fui para meu quarto. Fiquei roendo um tablete de chocolate, viagem? Assim de repente? Era tarde da noite mas saí escondida e fui até seu apartamento. Interpelei-o, Por que não me contou nada, Rodrigo? Quer dizer que agora você fala com ela sobre os seus projetos? E o dinheiro? Ele me beijou na boca, nos cabelos. Serviu-se de uísque. Serviu-me também. "Eu já ia contar, amor, a vovó me ofereceu um empréstimo. Pensa que com isso se livra de mim. Para as tintas, fez questão de frisar. Ela é muito elegante."

Elegantíssima, eu disse. Deixei-o recostado nas almofadas, belo como um anjo ouvindo o seu jazz.

A sala com um vago cheiro de altar. A tapeçaria com o leopardo espiando por entre as árvores. O piano. O álbum de retratos — tudo continuava exatamente igual ao tempo em que ali vinha me sentar para ouvir as histórias dos eleitos que viveram e morreram em estado de perfeição. Faltava a sacola das lãs. Ela já tinha se recolhido.

O inverno deste ano estava mais úmido. Deixei os livros e a capa no vestíbulo. Joaquina veio me oferecer doce de leite. Pedi-lhe um chocolate quente e fui para o quarto da avó. Encontrei-a na cama, mas ainda vestida. E de repente achei que tinha envelhecido. Perguntou sobre o filme, era de guerra? Fez um muxoxo. Cacetes esses enredos mostrando o quanto os americanos e ingleses eram espertos ao passo que os outros... Desligou o rádio que tocava baixinho o *Adágio*, de Albinoni, fez um comentário, podia existir no mundo uma música mais triste? E quis saber se eu recebera alguma carta. Fiz que não com a cabeça.

"O nosso amigo não era lá muito certo", ela disse. "Mas tão simpático! Foi bom você não ter alimentado ilusões."

Alimentei ilusões, avó. Mas não estava ainda pronta para o amor, não sei como é com os outros mas no meu caso tinha que me preparar, lá sei!, amadurecer. Agora já sei, pelo menos acho que sei. O que perdi em ilusão, ganhei em segurança.

"Durou tão pouco, filha."

Sem saber por quê, abri assim meio ao acaso a gaveta dos seus novelos de lã e vi o novelo verde. Onde ele estaria agora com seu gorro? Sua música? Ora, a duração, mas que importava a duração. Foi amor. Passou velozmente como no meu sonho da véspera, quando ele me apareceu com seu guarda-chuva aberto, aquele mesmo, nem cheguei a ver suas feições, só pude adivinhar-lhe o vulto. Acenou-me. E sumiu deixando para trás o guarda-chuva e o barulho da motocicleta que logo se confundiu — poeira e som — com o motor de um caminhão de estrada. Mas foi amor. Apurou-se minha autocrítica, nunca pude me ver com tamanha lucidez como me vi. Com uma dureza que muitas vezes fez Rodrigo me repreender, "Não exagere, Aninha, a gente é sempre melhor do que pensa". Mas até nos momentos mais agudos dessa autoflagelação eu tive o que não tivera antes, esperança. Esperança em mim. Esperança nos outros, esperança em Deus, que eu nem sabia se existia ou não, mas que jamais me abandonaria.

O amor me levantou no ar e me sacudiu e me revolveu inteira. Fiquei fulgurante em meio dessa mudança que me revolucionou. A revolução através do amor.

Fechei a gaveta. Ela me estendeu a mão. Tinha na pele as mesmas manchas dos retratos. Beijei-a. Nenhum rancor? Nenhum rancor, avó. Ela considerava a partida ganha e agora queria manifestar sua carinhosa piedade. Seu olhar me dizia, vem querida. Eu estou aqui. Um tanto cansada, é claro, que foi uma partida dura essa, envelheci demais. Mas vamos, hora da trégua, não foi mesmo difícil?

Dificílimo, eu disse.

"O que é dificílimo, Ana Luísa?", ela estranhou. Estranhou ainda aquela minha cara calma. Apertei-lhe a mão. No dia seguinte, quando eu chegasse e dissesse *Vou-me embora* — só no dia seguinte poderia compreender o meu sorriso. Agora não. Joaquina já tinha lhe servido o chá, ia dormir o sono da vitória. Merecia esse sono. Tamanho ódio sufocado, as lágrimas que engoliu em meio a toda a humilhação de nos saber amantes. E sem poder explodir, ao contrário, gracejava e contava coisas divertidas e inventava pequeninas delicadezas e servia o vinho e bebia junto, "Já estou até me viciando!", exclamou certa manhã e riu tão gostosamente. A carteira aberta. Apalpando o terreno como uma cega, ela que tinha olhos poderosos. A trégua merecida. Despedi-me, Boa noite, avó.

Ela aprumou-se no meio das almofadas. Estava vestida mas sem os sapatos, a manta de crochê cobrindo-lhe os pés. "Espera, querida", ela começou, tateante. "Toda a história desse moço... Na realidade eu nunca quis interferir, você viu. E se ofereci o cheque, foi porque..."

Está bem, avó, já sei. Agradeço a Deus por ter tido esse amor, respondi e encarei-a. Sem rancor, mesmo naquele instante em que ela me lembrava que Rodrigo me trocou por uma viagem.

"Ana Luísa, tudo o que fiz ou deixei de fazer foi para que você não sofresse."

Mas eu não estou sofrendo, respondi.

Ela voltou-se, escandalizada:

"Não?..." Tinha sido uma desmiolada, uma desfrutável pior ainda do que Margarida que não passava de uma agregada — tinha pintado e bordado e continuava assim fagueira, sem remorso? Sem sofrimento? Deixei na mesa a xícara de chocolate que já estava morno. Era triste ver o arremedo de sorriso franzir a face de pedra erosada. "Em todo o caso, também ele vai se conformar, vocês são tão jovens, é fácil esquecer."

É fácil, repeti.

"Logo você vai conhecer alguém que a ame de verdade, um moço com estrutura, filha. Não precisa ser rico, é claro, você é rica. Tudo o que eu tenho é seu. Uma menina assim culta, educada..."

Quis continuar, assim bonita. Conteve-se, era preciso não exagerar. "Avance esse cavalo!", ela ordenava naquele jogo em que eu preferia perder as peças para apressar a derrota, "Vamos, reaja!". Aproximei-me e acariciei sua mão. Eu sabia que no fundo ela me amava, mas por que esse fundo era tão fundo assim? Era aí que me queria dependente. Insegura. Agora o meu cavalo avançava com naturalidade, sem pensar em conquistas — ora, que conquista? Simplesmente ele cuspira o freio cheio de sangue e seguia trotando, ah, que belo era ver livre o meu cavalo negro.

"Ana Luísa, você agora fez uma cara engraçada..."

Me lembrei de uma coisa engraçada. Tolice.

"Você mudou tanto, filha. Parece até uma outra pessoa, sabia?"

Estava apreensiva. E espantada, mas o que significava isso? Uma judiazinha que o amante plantou e ainda assim com aquela cara?!...

Não fiquei amarga, avó. Não é bom isso?

"Quero que saiba ainda uma vez, filha, quero que guarde bem o que já lhe disse uma vez e vou repetir, jamais você ouvirá da minha boca a menor censura. O que está feito está feito. A única coisa que quero é ajudar!"

Mas quem estava precisando de ajuda era ela. Estranhei ouvir sua voz que de repente parecia vir de longe, lá da sala. De dentro do álbum de retratos. E o álbum estava na prateleira. Apertei as palmas das mãos contra os olhos.

Eu sei, avó. Eu sei.

Endireitou o corpo, enérgica. Estaria sendo irônica, eu?!... Puxou a manta até os joelhos. Cruzou os braços.

"Haja o que houver, sempre você terá o meu apoio. Mesmo nos dias tumultuados desse seu caso, mesmo sabendo de tudo, me calei. Podia interferir, não podia? Meu coração ficava aos pulos quando te imaginava montada naquela máquina dirigida por um louco, sabemos que ele era louco. A minha neta querida, imagine, vivendo com um irresponsável, solta por aí afora, descabelada, sem o menor pudor..."

É que também sou Ferensen, atalhei-a. O lado ruim.

Exaltou-se. As mãos se desentrelaçaram. Apanhou uma almofada, comprimiu-a entre os dedos e amassou-a como se avaliasse o que tinha dentro. Deixou-a de lado. Zombava dela a pequena Ana Luísa? Quer dizer que até o meu antigo complexo?!... Esse da raça. Baixou a cabeça, confundida. Voltou a me encarar. Bizarro... Entrelaçou as mãos entre os seios e ficou balançando o corpo de um lado para o outro.

A senhora está se sentindo mal, avó? Aconteceu alguma coisa?

"Aquela dor, filha", disse debilmente, alisando o peito.

Desabotoei-lhe a gola do vestido. Já que eu mudara, também ela mudaria de tática: estava na hora de me dobrar com a chantagem da morte. Senti de perto seu perfume de violetas.

Quer que tire seu espartilho? perguntei quando meus dedos tocaram na rigidez das barbatanas.

"Não, filha. Eu me sentiria pior sem ele. Já estou bem, vá, querida. Vá dormir."

Antes de sair, abri a janela. A Via Láctea palpitava de estrelas. Respirei o hálito da noite: logo iríamos amanhecer.

A Fuga

Rafael abriu o portão e correu para a rua. Sentia-se sufocado, prisioneiro de uma nebulosa espessa que o arrebatara e agora o levava para longe daquela COISA medonha que ficara lá atrás. Entregou-se num desfalecimento à viscosidade nevoenta e rolou ladeira abaixo. Não podia saber o que era, não se lembrava, mas tinha certeza de que era algo monstruoso, monstruoso demais, NÃO QUERO SABER! JÁ ESQUECI!...

A nebulosa chocou-se de encontro a uma árvore e num gesto desvairado, rasgando a névoa, Rafael precipitou-se para fora. Arquejando, os olhos esbugalhados, ele se apoiou na árvore. Passou as mãos geladas pela face gelada. Meu Deus, meu Deus! Enxugou no punho da camisa as lágrimas que desciam misturadas ao suor. Estava lúcido.

"Pronto... passou", disse baixinho, respirando de boca aberta. Exausto mas tranquilo. Espantou-se, agradavelmente surpreendido: tranquilo, sim, não era estranho? Essa tranquilidade depois do pânico. Umedeceu com a ponta da língua os lábios gretados. Olhou para trás. Nunca tinha corrido tanto, seis quarteirões de sua casa àquela árvore. Ah, se os velhos soubessem! O pai com a bigodeira eriçada, se segurando para não gritar: "Você sabe, menino, você sabe que não pode correr!". E aquele *sabe* pesado de significação. A mãe desolada, concordando num eco: "Ora, filho, você *sabe* que não deve se cansar".

Rafael endireitou o corpo. Apertou a boca obstinada. "Sei que tenho vinte anos, ouviram bem? Vinte anos!" Sorriu para a formiga que subia pela casca da árvore. "Só sei que tenho vinte anos, paizinho. Cresci, compreendeu? E quero viver. *Vi-ver.*"

Arrumou a gravata torcida. Com os dedos abertos, alisou os cabelos emaranhados. Não era o Afonso que vinha vindo? Afonso, sim. Esgueirou-se rápido para detrás da árvore. "Se me encontra nesse estado, vai pensar que bebi." Abaixou-se e fingiu que limpava a barra da calça. Mas por que não queria ser visto? "Não quero. Preciso de uma razão para não querer?" Afonso devia estar voltando da Faculdade, mas que dia era hoje? Quinta-feira? A última aula era de Direito Romano, já passava do meio-dia, concluiu arregaçando a manga. Esquecera o relógio em cima da cômoda. Apalpou os bolsos. Também os cigarros. Abriu os braços num espreguiçamento. Não, não queria fumar. Recostou a cabeça na árvore. Na realidade, não queria mesmo nada. Queria andar, isso sim, ir andando sem destino, um convalescente debaixo do sol. Tão bom convalescer, voltar aos poucos ao dia a dia, verificar que tudo continuava igual, as ruas. As casas. O sol. O jornal diria que coisas terríveis estavam acontecendo lá fora e aqui dentro. Mas agora não queria ler nenhum jornal. Hoje não. "Que sol! Bruna, Bruna, que faz você debaixo deste sol?..." Como era mesmo? *Cântico dos Cânticos*, ela gostava de ouvir: "Amiga minha, como és bela, como és bela! De pomba são teus olhos, por detrás do véu". Tão sensual. Quente. O poema e ela. Hum, até que a vida era boa. E se fosse vê-la? Muito cedo, ela dormia até tarde. "Vá-se embora, filhinho, pedia abraçando o travesseiro, quero dormir mais um pouco. Adoro dormir."

Rafael foi andando devagar, os olhos feridos pela luminosidade. Beleza de dia. Inclinou a cabeça oferecendo a cara ao sol, tão agudo o desejo. Sentiu frio. Calor, Bruna, Bruna. Mas há quanto tempo não se amavam? Duas semanas? Três? Sem poder ao menos avisá-la, "Bruna, estou doente mas irei assim que melhorar, te amo como louco, como louco!". Um telefone, e se telefonasse agora? Ela pediria que ele fosse vê-la imediatamente. Imediatamente. "E eu neste estado. Não quero que me veja assim, ainda não, vai se preocupar, devo estar horrível!" Passou a mão pelo queixo. Ainda bem que fizera a barba, mas sentia sob os dedos a face afundada, ela podia se assustar. Passou as pontas dos dedos nos lábios feridos pela febre. Como poderia beijá-la com a boca desse jeito? Era tão impressionável, ia querer chamar o médico, horror! Voltar à engrenagem, laboratórios, exames. Outra vez? Mas por que se preocupavam tanto com ele? Como se fosse um nenê. Riu. "Queridos paizinhos, o nenê já tem uma amante. Ela é linda como um cabrito montês, não estou exagerando, está na Bíblia que vocês têm na cabeceira, as coxas, os seios..." Olhou em redor. Se tomasse a direita, ia dar no parque. Vacilou. Quando ela ficava de pé, formava-se uma carinha de anjo em cada um dos seus joelhos — como podia ser isso? "Ah, também não sei, não tenho a menor ideia, sei que a gente olha e vê em cada joelho a carinha gorda de um anjo barroco, tão macio. Roliço..." Se o pai fosse do gênero compreensivo, então sim, poderia pedir-lhe que a avisasse, Dona Bruna, meu filho está doente mas não é nada de grave. Está com muita saudade, irá vê-la assim que melhorar. Meus cumprimentos. Rafael abriu o paletó. Riu em meio ao bocejo. Cumprimentos ou respeitos? Pois sim. A terra se abriria ao meio no dia em que saísse tal frase sob a vasta bigodeira branca. "Sua mesada já acabou?", estranhara o velho no mês passado. "Curioso, *antes* durava *mais.*" A mãe, timidazinha, limitava-se às insinuações: "Elizabeth esteve aqui. Que joia de menina! Feliz de quem se casar com uma joia dessas".

Joia. E se lhe desse umas argolas de ouro, Bruna gostava de argolas. Mas quanto custaria isso? Se ao menos me deixassem trabalhar. Um homem da minha idade e vivendo de mesadas. Fechou as mãos enfurecidas. Ridículo. Estava farto de ouvir os argumentos do velho, "Sua saúde é frágil, filho. E você é extravagante demais. Trabalhando e estudando como estuda, quando é que vai poder descansar, quando?". A mãe concordava, constante no seu alvo: "Você tem voltado tão tarde, filho! Eu gostaria tanto que se firmasse com alguma moça, tanta moça boa em redor... Você não pode continuar assim".

"Posso!" E Rafael parou como se os pais tivessem rompido em sua frente. Chegou a gesticular: "Posso me casar com Elizabeth, posso me casar com as onze mil virgens e não abandonarei Bruna, é fácil entender isso?". Perturbou-se. Olhou em redor. Ninguém. Bafejou as mãos. Pressão baixa, pensou estendendo as mãos para o sol. Teve uma expressão enternecida ao abrir e fechar os dedos. O pai tinha esse mesmo formato de dedos. As unhas de estátua, em Roma todas as estátuas tinham esses dedos. Esforçando-se por parecer furioso mas sem conseguir disfarçar a doçura dos olhinhos castanhos. Pensou na mãe, ciumenta. Amorosíssima, vigiando pela noite adentro, "É você, Rafael? Quer um copo de leite quente, filho?". Apressou o passo. "Está bem, adoro vocês dois. Mas não vou deixar a minha romana nunca!"

Vagou pelo parque o olhar comovido. Sentiu-se observado pelas árvores, a folhagem atenta inclinando-se à sua passagem, elas estão me vendo como eu as vejo. Nos entendemos tão bem. Fez um movimento para colher uma folha e não completou o gesto. Enfiou as mãos nos bolsos. Como se a árvore tivesse perguntado, respondeu que não, hoje ainda não estava muito brilhante. Fraco. Dolorido. Seria bom esquecer tudo que fosse desagradável: a doença, a marcação dos velhos, as argolas impossíveis... Vamos, só coisas positivas! repetiu para si mesmo. Levantou a cabeça. Só pensar em coisas boas, que há coisas boas, coisas deslumbrantes!

O importante era isso, se entregar à vida. E a vida, no fundo, era uma verdadeira delícia: tinha um casal de velhos que, apesar de tudo, eram duas colheradas de mel. Tinha aquela flor de amante, *domani*, Brunela, *domani*... A média fechada na Faculdade. E tinha ainda Elizabeth com suas tranças puríssimas, quando quisesse uma esposa perfeita e filhos mais-do-que-perfeitos, era só apertar a sua campainha, É aqui que mora Elizabeth, a Intocada? Parou diante do banco de pedra. Gostaria de ter uma filha. Assim como aquela, pensou quando a menina de vermelho passou correndo pelo gramado. Chegou-lhe aos ouvidos a cantiga desgarrada das crianças brincando de roda, *Somos filhos de um rei!...*

Recostou a cabeça no banco, estirou as pernas, "Somos filhos de um rei...", cantarolou baixinho. E depois? Quis ouvir ainda a cantiga mas as vozes se calaram. Estranhando o silêncio, abriu os olhos. O sol se apagara completamente e uma névoa densa baixava sobre o parque que pareceu se distanciar, esmaecido, quase irreal. Descoradas e transparentes, as árvores tinham perdido o contorno e agora as pessoas também pareciam flutuar, os rostos gasosos, movediços como se fossem de fumaça. A nebulosa. "Outra vez?", gemeu Rafael estendendo os braços na tentativa de rasgá-la. Sentiu-a compacta, viscosa como o suor que agora corria de sua testa. Cobriu o rosto com as mãos, começou a tremer. E o pensamento detestável veio vindo, informe como a própria névoa, mas monstruoso, medonho, podia até apalpá-lo como apalpava a própria cara, "Mas o que é isto!? Meu Deus, o que é isto?...". Escancarou a boca porque o ar também era espesso, impregnado de um cheiro nauseante que o umedecia inteiro como um líquido horrendo, pingando de algum lugar, pingando. Afrouxou a gravata, não quero lembrar, não quero! Saiu cambaleante, tentou reencontrar o parque através do muro gasoso, onde o céu, onde? Além devia estar o verde da folhagem, a amada folhagem que o reconhecera tão aconchegante como um ninho, onde, meu Deus, onde foi parar? O vestido vermelho estava ainda há pouco ali no gramado! Vermelho. Vermelho. "A coberta da cama de Bruna é vermelha e a boca, sim, *domani, domani*! Agora ela está dormindo, Bruna é romana, tive dez em Direito Romano, *res* quer dizer coisa, *res* é coisa... coisa... Aconteceu uma COISA!"

Vergou o corpo para a frente numa convulsão. Tinha agora um estilete descendo lento pela sua garganta num movimento de parafuso, já podia sentir a ponta feroz tocando-lhe as vísceras, um pouco mais fundo, mais fundo, mais. Tapou a boca para não gritar. Lágrimas correram-lhe na face, "Meu Deus, meu Deus!".

"Já está passando", disse entreabrindo os olhos. Procurou o lenço, não encontrou. Relaxou os músculos. "Está passando..."

Levantou a cabeça e endireitou o corpo. Olhou ao redor. A névoa se dissipara por completo, ah! o sol. Ressurgiu a cantiga num movimento de roda, *Que vive e que se esconde debaixo de uma pedra...* No banco mais próximo, um mendigo cochilava. Sob a folhagem brilhante da figueira, quatro mulheres tricotavam, vigiando as crianças que corriam perseguindo um cachorrinho branco. Rafael alisou os cabelos. Passou furtivo as mãos na cara e olhou de novo as mulheres, teriam notado? Não, provavelmente não e se notaram foram discretas, afinal, era apenas um desconhecido que se sentira mal, talvez estivesse vomitando. E daí? Pôs-se a andar, afastando-se constrangido das crianças que agora corriam na sua direção. A cantiga ficou fragmentada. Sentia-se atordoado mas consciente. A vertigem passara e se o deixara exausto, dera-lhe em troca uma misteriosa calma. Ficou olhando uma borboleta amarela. Tudo podia ser perfeito como o azul daquele céu sem mancha. Mas em algum lugar estava escondido o ponto negro, encravado lá no fundo, bojudo e fluido como uma nuvem-nebulosa que inesperadamente se dilatava e descia para arrebatá-lo, sugá-lo com fúria até as raízes.

Devolvendo-o oco. Moído feito um bagaço, sim, o pontinho monstruoso, memória escondida nele — ou fora dele? "Que foi que aconteceu, meu Deus?! O que foi?"

Balançou a cabeça. Não, não era loucura. "Antes fosse", se surpreendeu dizendo. Saiu do parque com a curiosa sensação de que as árvores lhe estendiam amorosamente os braços verdes, para se despedirem? Ou para retê-lo? Podia ir ver Bruna. Mas assim, amarfanhado, recendendo ainda a uma crise de asma. Fechou o paletó. Asma. Ela estava farta de saber que ele não era um asmático, era mesmo um... Estacou à beira da palavra proibida. "Ela finge que não sabe." E seus olhos se umedeceram. "Finge que não sabe." Haveria de dar-lhe as argolas, nem precisavam ser de ouro, umas belas argolas folheadas e Bruna se atiraria em seus braços tão contente. Daria também um presentinho para os velhos, meias de lã para ele, uma água-de-colônia para ela, qual era mesmo o nome do perfume que a punha eufórica? Podia dar até — por que não? — um ramo de rosas para Elizabeth, a do amor silencioso. Tinha a mesada inteira na gaveta, pois não tinha? Animou-se. Assim, todo o fervor no coração contente de novo, ah! se pudesse reunir todos, todos juntos! o pai, a mãe, Bruna, Elizabeth, todo mundo de mãos dadas, cantando aos gritos como as crianças, *Somos filhos de um rei!*

Fixou o olhar apavorado na árvore da estreita ladeira que agora subia. Aquela árvore... Na fuga, abraçara-se àquela mesma árvore, nela se recostara — mas por que estava voltando? Por que de novo aquele lugar do qual fugira tão cheio de horror? Por que se aproximava mais uma vez daquilo?! Se a COISA estava lá, à sua espera?

Cambaleou, apertando a cabeça, tapando os ouvidos, não quero saber o que é, não quero! Voltou-se estendendo os braços para o caminho percorrido, não!... E como nos sonhos, as pernas anestesiadas não obedeceram ao comando. "Não quero saber...", repetiu debilmente. E prosseguiu subindo ladeira acima, deixando-se levar com a miserável passividade de uma coisa que o vento carrega. Caiu de joelhos, arquejante, a COISA acontecera próximo à sua casa. Estremeceu. A COISA acontecera na sua própria casa!

Havia gente no portão. Mesmo assim longe, reconheceu Afonso e mais dois colegas. Pôs-se então a correr desabaladamente, agora tinha que ver, agora era impossível voltar, "Meu Deus, o que foi?!". Desgrenhado, abriu caminho entre as pessoas que se amontoavam na escada e enveredou pela sala. Cochichos. Espanto. Viu o pai, prostrado numa poltrona, os lábios mais brancos do que os bigodes de pontas caídas, pela primeira vez, caídas.

Rafael teve um desfalecimento. Outra vez a névoa, mas agora sentiu-se leve dentro dela. Desaparecera a dor, só aquela aflição, ah, tinha que saber, foi com minha mãe? foi com ela?... "Mãe!", gritou aproximando-se do grupo compacto de homens. Afastando-os com brutalidade, deu com um caixão. Na sua frente estava agora um caixão negro. De novo quis recuar, cobriu a cara, "Não, não!". Viu a mãe entrar na sala amparada por duas mulheres, os olhos esgazeados, "Rafael!".

Inesperadamente, como se o puxassem pelos cabelos, ele debruçou-se sobre o caixão e se encontrou lá dentro.

A Confissão de Leontina

Já contei esta história tantas vezes e ninguém quis me acreditar. Vou agora contar tudo especialmente pra senhora que se não pode ajudar pelo menos não fica me atormentando como fazem os outros. É que eu não sou mesmo essa uma que toda gente diz. O jornal me chama de assassina ladrona e tem um que até deu o meu retrato dizendo que eu era a Messalina da boca do lixo. Perguntei pro seu Armando o que era Messalina e ele respondeu que essa foi uma mulher muito à toa. E meus olhos que já não têm lágrimas de tanto que tenho chorado ainda choraram mais.

Seu Armando que é o pianista lá do salão de danças já me aconselhou a não perder a calma e esperar com confiança que a justiça pode tardar mas um dia vem. Respondi então que confiança podia ter nessa justiça que vem dos homens se nunca nenhum homem foi justo pra mim. Nenhum. Só o Rogério foi o melhorzinho deles mas assim mesmo me largou da noite pro dia. Me queixei pro seu Armando que tenho trabalhado feito um cachorro e ele riu e perguntou se cachorro trabalha. Não sei respondi. Sei que trabalhei tanto e aqui me chamam de vagabunda e me dão choque até lá dentro. Sem falar nas porcarias que eles obrigam a gente a fazer. Daí seu Armando disse pra não perder a esperança que não há mal que sempre ature. Então fiquei mais conformada.

Puxa vida que cidade. Que puta de cidade é esta a Rubi vivia dizendo. E dizia ainda que eu devia voltar pra Olhos d'Água porque isto não passa de uma bela merda e se nem ela que tem peito de ferro estava se aguentando imagine então uma bocó de mola feito eu. Mas como eu podia voltar? E voltar pra fazer o quê? Se minha mãe ainda fosse viva e se tivesse o Pedro e minha irmãzinha então está visto que eu voltava correndo. Mas lá não tem mais nada. Voltar é voltar pra casa de Dona Gertrudes que só faltava me espetar com o garfo. E nem me pagava porque mal sei ler e por isso meu pagamento era a comida e uns vestidos que ela mesma fazia com as sobras que guardava numa arca.

Engraçado é que agora que estou trancafiada vivo me lembrando daquele tempo e essa lembrança dói mais do que quando me dependuraram de um jeito que fiquei azul de dor. Nossa casa ficava perto da vila e vivia caindo aos pedaços mas bem que era quentinha e alegre. Tinha eu e minha mãe e Pedro. Sem falar na minha irmãzinha Luzia que era meio tontinha. Pedro era meu primo. Era mais velho do que eu mas nunca se aproveitou disso pra judiar de mim. Nunca. Até que não era mau mas a verdade é que a gente não podia contar com ele pra nada. Quase não falava. Voltava da escola e se metia no mato com os livros e só vinha pra comer e dormir. Parecia estar pensando sempre numa coisa só. Perguntei um dia em que ele tanto pensava e ele respondeu que quando crescesse não ia continuar assim um esfarrapado. Que ia ser médico e importante que nem o Doutor Pinho. Caí na risada ah ah ah. Ele me bateu mas me bateu mesmo e me obrigou a repetir tudo o que ele disse que ia ser. Não dê mais risada de mim ficou repetindo não sei quantas vezes e com uma cara tão furiosa que fui me esconder no mato com medo de apanhar mais.

Minha mãe vivia lavando roupa na beira da lagoa. Ela lavava quase toda a roupa da gente da vila mas não se queixava. Nunca vi minha mãe se queixar. Era miudinha e tão magra que até hoje fico pensando onde ia buscar força pra trabalhar tanto. Não parava. Quando tinha aquela dor de cabeça de cegar então amarrava na testa um lenço com rodela de batata crua e fazia o chá que colhia no quintal. Assim que a dor passava ia com a trouxa de roupa pra lagoa. Essa erva do chá a Tita também comia e depois vomitava. Vou ser médico e a senhora vai viver feito uma rainha o Pedro disse. Rainha Rainha Rainha eu fiquei gritando e pulando em redor dela e a Tita latia e pulava comigo. Ela então fez que sim com a cabeça e riu com aquele jeito que tinha de esconder a boca.

Eu fazia a comida e cuidava da casa. Minha irmãzinha Luzia bem que podia me ajudar que ela já tinha seis anos mas vivia com a mão suja de terra e sem entender direito o que a gente falava. Queria só ficar esgravatando o chão pra descobrir minhocas. Está visto que sempre encontrava alguma e então ficava um tempão olhando pra minhoca sem deixar que ela se escondesse de novo. Ficou assim desde o dia em que caiu do colo de Pedro e bateu com a cabeça no pé da mesa. Nesse tempo ela ainda engatinhava e Pedro quis fazer aquela brincadeira de upa cavalinho upa. Montou ela nas costas e saiu trotando upa upa sem lembrar que a pobrezinha não sabia se segurar direito. Até que o tombo não foi muito feio mas desde esse dia ela não parou de babar e fuçar a terra procurando as benditas minhocas que às vezes escondia debaixo do travesseiro.

Até a lenha do fogo era eu que catava no mato. Perguntei um dia pra minha mãe por que Pedro não me ajudava ao menos nisso e ela respondeu que o Pedro precisava de estudar pra ser médico e cuidar então da gente. Já que o dinheiro não dava pra todos que ao menos um tinha que subir pra dar a mão pros outros. Quando ele for rico e importante decerto nem vai mais ligar pra nós eu fui logo dizendo e minha mãe ficou pensativa. Pode ser. Pode ser. Mas prometi pra minha irmã na hora da morte que ia cuidar dele melhor do que de você. Estou cumprindo.

Imagine a senhora se minha mãe soubesse que não faz dois anos que encontrei Pedro e que ele fingiu que nem me conhecia. Eu tinha ido visitar minha colega Rubi que piorou do pulmão e foi pra Santa Casa. Levei um pacote de doces e uma revista de anedotas que Rubi tem paixão por anedotas. Foi quando Pedro entrou. Vinha com uma moça que devia ser doutora também porque estava com um avental igual o dele. Levei um susto tão grande que quase caí pra trás porque foi demais isso da gente se ver depois de tanto tempo. E como estava alto e bonito com aquele avental. Abri a boca e quis chamar Pedro Pedro. Mas uma coisa me segurou e foi bom porque assim que ele deu comigo foi logo disfarçando depressa com um medo louco que eu me chegasse. Então baixei a cabeça e fingi que estava vendo a revista. Ele foi virando as costas e pegando no braço da doutora e saindo mais apavorado do que se tivesse visto o próprio diabo. Rubi percebeu tudo que Rubi não tem nada de boba e sabe até falar um pouco da língua que aprendeu quando morou aí com um gringo. Quis saber se por acaso aquele lá tinha dormido comigo pra ficar assim atrapalhado perto da bosta da namorada dele. E disse que eu era muito tonta de ficar desse jeito porque já devia estar acostumada com esse tipo de homem que faz aquelas caras pra gente quando a mulher está por perto. Que é que você queria que ele fizesse? Queria que te apresentasse olha aqui a vagabunda que trepou comigo? Era isso que você queria? Então me deu uma bruta vergonha daquela vida que a gente estava levando e que devia mesmo ser uma droga de vida pra Pedro não ter coragem nem de me cumprimentar. Contei tudo pra ela.

Esse teu primo é um grandessíssimo filho da puta. Um filho da puta ela ficou repetindo não sei quantas vezes. Acho você muito melhor do que ele. O grande cão. Ficou cheio de orgulho e fugiu da prima esculhambada mas o caso é que foi essa prima que durante anos e anos fez a comida dele. Veja Leo que se você tivesse dinheiro ele não te desprezava assim por mais à toa que você fosse. O errado não é ficar dando mas dar pra pobre como você dá. Nisso é que está o erro. Mas também não posso falar muito porque sempre fui uma besta e a prova disso é que vim parar nesta enfermaria baixo-astral. Estou acabada Leo. Tenho só trinta e cinco anos mas estou podre de velha e você vai direitinho pro mesmo caminho. Não aguentei e abri a boca no mundo. Me mandou parar de chorar e começou a falar tanta asneira que quando chegou a janta a gente já estava rindo de novo. Dividiu comigo a canja de galinha que chamou de canja de defunto porque os médicos matam por engano e pra não contar que foi engano aproveitam a defuntada na canja. Então me lembrei daquela vez que teve galinha e minha mãe deu o peito pra ele. Fiquei com o pescoço. Não me comprava sapato pra que ele pudesse ter livros. E agora ele fugia de mim como se eu tivesse a lepra. E depois a gente não era bem isso o que a Rubi disse porque a gente trabalhava. A gente não trabalha? perguntei meio ofendida. Sei disso sua tonta ela me respondeu. Mas estamos na zona. Pergunta pros tiras se eles deixam a gente ficar lá de graça pergunta. Sendo da zona é tratada feito vagabunda e está escrito que tem que ser assim.

Mais tarde ela contou que uma noite ele veio conversar na enfermaria. Quis saber o que a gente fazia e mais isso e mais aquilo. Quando a Rubi disse que a gente era dançarina de aluguel ele ficou muito espantado e começou a rir ah ah ah. Quer dizer que tem homens que pagam só pra dançar com vocês? Mas ainda existe esse negócio? E achou graça porque não podia imaginar que justo eu que não sabia nem o que era uma valsa estivesse metida nisso. Rubi tem ódio da palavra *valsa* por causa de uma coisa que aconteceu e quando escutou essa palavra e viu ele zombando já engrossou e disse que esse era um trabalho tão direito como qualquer outro. O ruim é que pagavam tão pouco que as meninas tinham que continuar a dança na cama pra poder comer no dia seguinte. Avisa a Leontina que quando me encontrar com outras pessoas pra não se aproximar de mim ele recomendou. Se precisar de médico que me procure mas só no meu consultório ele foi dizendo enquanto tirava um cartão do bolso. Aqui não. Rubi então perdeu a tramontana mas perdeu mesmo. Picou o cartão em pedacinhos e jogou tudo na cara dele. O senhor não passa de um escroto ela respondeu. E não precisa ficar com medo que a Leo nunca mais há de querer falar com um tipo assim ingrato e sujo. Vá pro fundo do inferno com toda a sua importância que a Leo quer ver o diabo e não quer ver o senhor.

Ela me contou isso tão furiosa que me vi na obrigação de ficar furiosa também. Rubi é só bondade e virava um tigre se me faziam alguma mas a verdade é que bem que eu queria guardar aquele endereço e numa hora qualquer ir lá conversar com ele. Ela não entende que a gente foi criado junto que nem irmão. Gosto dele apesar de tudo e por mais que ele faça eu sei que vou continuar gostando igual porque não se arranca o bem-querer do coração. E quem mandou eu ficar nessa vida? Mas também que outra vida eu podia ter senão esta? Mal sei escrever meu nome e qualquer serviço por aí já quer que a gente escreva até na máquina. Não sei como é com as outras moças que nem eu. Só sei que comigo tem sido duro demais e se Pedro soubesse disso quem sabe vinha me fazer uma visitinha e me dizer ao menos uma palavra. Mas já estou presa faz três meses e até agora ele não deu sinal e decerto nem vai dar.

Às vezes fecho os olhos pra ver melhor aquele tempo. Minha mãe tão caladinha com o lenço amarrado na cabeça e a trouxa de roupa. Luzia com as minhocas. Pedro com os livros. E eu tão contente cuidando da casa. Quando tinha flor no campo eu colhia as mais bonitas e botava dentro da garrafinha em cima da mesa porque sabia que Pedro gostava de flor. Lembro de um domingo que minha mãe ganhou uns ovos e fez um bolo. Era tão quente o cheiro daquele bolo e Pedro comeu com tanto gosto e fiquei tão alegre que rodei de alegria quando ele agradou minha mãe e me chamou pra caçar vaga-lume. Anoitecia e a gente ia chacoalhando uma caixinha de fósforo e mentindo pros vaga-lumes numa cantiguinha que era assim *Vaga-lume tem-tem vaga-lume tem-tem tua mãe está aqui e o teu pai também.*

Não conheci meu pai. Morreu antes de você nascer respondia minha mãe sempre que eu perguntava. Mas como ela não queria falar nisso fiquei até hoje sem saber como ele era. Então imaginava que era lindo e bom e podia escolher a cara que devia ter quando me deitava na beira da lagoa e de tardinha ficava olhando o sol no meio das nuvens. Me representava então ver meu pai feito um deus desaparecendo detrás da montanha com sua capa de nuvem num carro de ouro.

No fim do ano tinha festa na escola. Pedro era sempre o primeiro aluno e o diretor vinha então dizer pra minha mãe que não tinha na escola um menino assim inteligente. Nessas horas minha mãe chorava.

Me lembro que uma vez Pedro inventou uma festa no teatrinho. Quando acabou corri pra dizer que ele tinha representado melhor do que todos os colegas mas Pedro me evitou. Eu estava mesmo com o vestido rasgado e isso eu reconheço porque minha mãe piorou da dor e tive que passar a manhã inteira fazendo o serviço dela e o meu. Mas achei que Pedro estava tão contente que nem ia reparar no meu jeito. E me cheguei pra perto dele. Ele então fez aquela cara e foi me dando as costas. Essa daí não é a tua irmã? um menino perguntou. Mas Pedro fez que não e foi saindo.

Fiquei sozinha no palco com um sentimento muito grande no coração. Quando voltava pra casa ele me pegou no caminho. Todo mundo já tinha ido embora. Então ele botou a mão no meu ombro e me perguntou se eu tinha gostado e mais isso e mais aquilo. Pedro Pedro por que você fingiu que nem me conhecia? eu quis perguntar. Mas ele estava tão contente e era tão bom quando ele ficava contente que não quis estragar a festa. E fiquei contente também.

Quando cheguei minha mãe estava com o pano amarrado na cabeça e já ia saindo para ir ao Bentão curandeiro. E me lembro agora de uma coisa que parece mentira mas juro que foi assim mesmo. Já contei que a gente tinha uma cachorrinha chamada Tita que era uma belezinha de cachorra. Quando teve a última ninhada achei que emagreceu demais e começou a custar muito pra sarar. Não se importe não que ela vai ficar boa disse minha mãe. Mas uma tarde vi a Tita se levantar do caixotinho dela e ficar parada farejando o ar e olhando lá longe com um jeito tão diferente que até estranhei. Ela apertava os olhinhos e franzia o focinho olhando a estrada. Depois voltava e olhava pros cachorrinhos dentro do caixote. Olhou de novo pra estrada. A testa até franzia de tanta preocupação. Mas de repente resolveu e foi andando firme numa direção só. No dia seguinte foi encontrada morta naquelas bandas pra onde estava olhando. Com minha mãe foi igual. Antes de sair ficou sem saber se ia ou não. Olhou pra mim. Olhou pra Luzia. Olhou comprido pro Pedro. Depois olhou de novo a estrada franzindo a testa que nem a Tita. Parecida mesmo com a Tita medindo o caminho que ia fazer. Senti um aperto forte no coração. Não vai mãe eu quis dizer. Mas ela já tinha pegado a estrada com seu passinho ligeiro. Corri pro Pedro com um pressentimento. Ele estava lendo um livro. Deixa de ser burra que não vai acontecer nada de ruim ele disse sem parar de ler. Vou ser médico pra cuidar dela. Nunca mais vai sentir nenhuma dor ele prometeu. E a Luzia vai deixar de mexer com minhoca e você vai se casar e vai ser feliz ele disse e me mandou coar um café.

Aconteceu tudo ao contrário. Minha mãe caiu na estrada segurando a cabeça e Luzia se afogou quando procurava minhoca e eu estou aqui jogada na cadeia. Fico pensando que ele era mesmo diferente porque só com ele deu tudo certo e agora entendo por que merecia um pedaço de carne maior do que o meu.

Sempre achei a estaçãozinha de Olhos d'Água muito alegre por causa do trem mas naquela manhã não podia haver uma estação mais triste. Esperei que Pedro aparecesse ao menos uma vez na janela pra me dizer adeus. Não apareceu. Fiquei então abanando a mão pra outras pessoas que por sua vez abanavam pra outras pessoas até que o último carro sumiu na curva.

O chefe da estação quis saber pra onde Pedro ia. Contei que a intenção dele era estudar e trabalhar na cidade. Pois vai morrer de fome disse um amigo do chefe que estava escutando a conversa. Fiquei então num estado que nem sei explicar. É que me vi completamente sozinha no mundo e isso foi muito duro pra mim. Acabei me acostumando mas no começo fiquei com medo porque só tinha doze anos. Minha mãe estava enterrada. Assim que ela morreu tive que trabalhar feito louca porque Pedro ia tirar o diploma na escola e precisava de um montão de coisas. Continuei lavando pra fora e tinha ainda que cozinhar e cuidar da minha irmãzinha e catar lenha no mato e colher pinhão quando era tempo de pinhão. Me deitava tão cansada que nem tinha força de lavar a lama do pé. Você está virando um bicho Pedro me disse muitas vezes mas o que eu queria é que ele estivesse limpinho e com a comida na hora certa. Era isso que eu queria. Depois eu me lavo eu respondia. Depois quando? ele perguntava. E eu olhava em redor e via as pilhas de camisa pra passar e engomar e a panela queimando no fogo e minha irmãzinha tendo que ser trocada porque ela fazia tudo na roupa. Quando você tirar o diploma não vou mais lavar pra fora. Então vou poder andar em ordem e até estudar. Era isso o que eu respondia. Foi isso que eu combinei. Mas o combinado não vigorou porque assim que ele tirou o diploma arrumou a trouxa e foi embora.

Aquele ano meu Pai. Quando me lembro daquele ano. Até hoje se escuto falar em diploma me representa que vai começar tudo outra vez. Os meninos recebiam o diploma de tardinha e depois estava marcada a festa. De noite não dava pra ir mas se eu corresse ainda chegava em tempo pra festa de tarde. Não conto o nó que senti na garganta quando vesti o vestido cinzento que minha mãe devia usar no caixão e não usou porque a Cida que arrumou ela disse que o vestido ia servir direitinho em mim. Era um desperdício. Ninguém está vendo se ela vai de vestido velho disse a Cida. Só Deus sabe mas Deus até vai gostar quando ela aparecer pra lavar a alma com o mesmo vestidinho que usava pra lavar roupa. Agora eu estava com a sandália e o vestido dela e pensei que quando Pedro me visse ia pensar nisso também. Mas Pedro estava ocupado demais pra pensar noutra coisa que não fosse o discurso que ia fazer.

Quando comecei a pentear a Luzia ele parou de escrever e fez aquela cara que conheço bem. Ficou me olhando. Mas a Luzia também vai? Respondi que era preciso porque ela não podia ficar sozinha. Ele não disse nada mas notei que ficou aborrecido porque logo fez aquela cara. É que ele se envergonhava da gente e com razão porque a verdade é que não era mesmo muito agradável mostrar pros colegas uma priminha tonta assim. Confesso que isso me doeu porque a Luzia estava tão lindinha com o cabelo louro todo encacheado caindo até o ombro e o vestidinho novo que fiz com um retalho de fazenda azul que uma freguesa me deu. Pensei em dizer que assim arrumada ninguém podia descobrir que ela não era muito certa da cabeça. Mas Pedro estava de tal jeito que achei melhor deixar a Luzia em casa e ir só com ele.

Estava quase na hora de Pedro começar o discurso lá na festa quando a Malvina apareceu me chamando com a mão depressa depressa. Ela era preta mas naquela hora estava com a cara cinzenta. Que foi que aconteceu com a minha irmãzinha perguntei quase sem poder me aguentar de pé. Então Malvina começou a tremer dizendo que não tinha tido tempo de fazer nada. Fazer o quê? perguntei tremendo também. Salvar a pobrezinha. Eu ia indo pra casa quando vi aquele anjinho na beira da lagoa cavucando a lama. Fui chegando e de repente não sei como ela deu uma cambalhota e desapareceu. Gritei o quanto pude mas demorou até o Bentão entrar na água trazendo a pobrezinha pelo cabelo. Roxinha roxinha.

Corri feito louca pra avisar o Pedro. Ele já ia entrar no palco. Pedro Pedro a Luzia se afogou fiquei repetindo sem chorar nem nada. A Luzia se afogou a Luzia se afogou. Só repetia isso sem poder dizer outra coisa a Luzia se afogou. Ele me olhava mais branco do que a camisa. Agarrou meu braço. Vá na frente que depois eu vou. Vá na frente está me escutando? Mas eu não conseguia sair do lugar. Então ele me sacudiu com força. Vá indo na frente já disse. Vá indo que depois eu vou mas não conte pra ninguém escutou agora? Vi ele subir a escadinha que dava pro palco. Vá na frente repetiu bem baixinho mas tão furioso que pensei que fosse voltar pra me bater. Não fique parada aí. Vá na frente que eu já vou. Eu já vou.

Saí zonza como se tivesse levado uma paulada. Da rua ouvi ainda a voz de Pedro começando o discurso. Me lembro de uma palavra que escutei. Nunca tinha escutado antes e não sabia o que era. Fui voltando pra casa e repetindo júbilo júbilo júbilo.

Foi assim que perdi minha irmãzinha que era linda como os anjos pintados no teto da igreja. Mais umas semanas e perdi Pedro. O diretor da escola me arrumou um emprego na cidade ele avisou. Vou trabalhar num banco. O ordenado é pequeno porque meu serviço é só dar recado mas nos dias de folga vou trabalhar num hospital onde me deixam dormir. Estudo de noite ele disse bebendo em grandes colheradas a sopa que eu esquentei. Comecei a dar pulos de alegria. Pedro Pedro que bom que agora tudo vai mudar pra nós eu disse cabriolando de tão contente. Faço sua comida e lavo sua roupa e posso também ganhar alguma coisa porque sei trabalhar direito não sei? Ele então segurou no meu braço. Parei de rodopiar. Mas você não vai. Demorou um pouco pra eu entender. Eu não vou Pedro? Ele passou a mão na minha cabeça. Não pense que estou te abandonando ouviu bem? Eu não ia fazer uma coisa dessas. Mas o que vou ganhar não dá pra dois. Vou na frente e quando der jeito mando te chamar mas não fique triste porque você vai trabalhar na casa de uma mulher muito boa que o padre Adamastor conhece. Já falei com ele e assim que eu embarcar você vai pra lá. A gente vende esses trastes que preciso apurar algum dinheiro pra viagem. Agora bebe sua sopa senão esfria. Fui mexendo o caldo mas minha garganta estava trancada. Ah meu Pai. Meu pai. Só olhava pro caixotinho da Tita que agora servia pra guardar pinhão e da Tita passei pra minha mãe e então não aguentei mais segurar o choro. Mas nessa hora Pedro já tinha saído pra saber se a Malvina queria comprar nossas coisas e foi melhor assim porque ele não viu como fiquei.

Vendi tudo e o que apurei entreguei na mão dele. Um dia ainda te devolvo com juro ele disse. Eu não sabia o que era juro e até hoje não entendo mas se vinha de Pedro devia ser bom. Guardou o dinheiro e me abraçou. Me leva Pedro me leva fiquei pedindo agarrada nele. Tenho que ficar sozinho se quiser fazer o que tenho que fazer ele disse. Mas logo você vai receber uma carta porque não quero te perder de vista ele repetiu enquanto ia amarrando o pacote de livros com uma cordinha.

Vesti meu vestido cinzento e fui pra casa do padre Adamastor. Mal podia parar em pé de tanto desânimo. Uma tristeza no peito que chegava a doer. Minha mãe e Luzia e Pedro e a Tita mais os filhinhos dos filhinhos da Tita. Tinham sumido todos.

O padre me levou na casa de uma velha de óculos que começou a me olhar bem de perto. Mandou eu abrir a boca e mostrar os dentes. Perguntou mais de uma vez quantos anos eu tinha e se sabia ler. Respondi que andava pelos catorze e que conhecia uma ou outra letra mas fazia melhor as contas. Ela então apertou meu braço. Deve andar com uma fome antiga disse pro padre. Mas uma assim de perna fina é que sabe trabalhar. Remexeu meu cabelo. Vou cortar sua juba pra não dar piolho ela foi dizendo. Examinou minha mão. Quero ver essa unha cortada e limpa.

Fui recuando sem querer. A mulher tinha olhos pretos e redondinhos como os botões da batina do padre e um jeito de falar com a gente feito urubu bicando a carniça. Não parava de perguntar e agora queria saber se eu não tinha andado de brincadeiras com meu primo. Que brincadeiras? perguntei e ela riu com aquele jeito ruim que tinha de rir. Essa brincadeira de dar injeção naquele lugarzinho que você sabe qual é. O padre sacudiu a cabeça fingindo zanga mas bem que achou engraçado. Acho que ela é meio retardada como a irmã que se afogou ele disse se despedindo. Mas isso até que é bom porque essas é que obedecem melhor.

Entendi muito bem o que ele quis dizer e tive tamanho desgosto que nem sei como pude calar a boca. Acho que não sou mesmo muito esperta mas sei rir e sei chorar. Está visto que não é retardada coisa nenhuma quem sabe rir e chorar na hora certa como eu sei.

Começou então o tempo da atormentação. Decerto tenho agora pela frente anos piores ainda porque meu advogado já avisou que estou no mato sem cachorro e que o tal processo não está cheirando nada bem. Mas o tempo que passei na casa de Dona Gertrudes esse eu não esqueço mais.

Ela era o próprio diabo em figura de gente. Credo. Cruz--credo como aquela mulher me atormentou. Nem pra ir ao banheiro eu tinha sossego que ela ficava rondando a porta e resmungando que eu devia estar cagando prego pra demorar tanto assim. Era Zeladora do Sagrado Coração de Jesus e todo santo dia tinha que ir de tardinha na igreja o que era uma sorte. Mas uma sorte mesmo. A única coisa que eu pedia pra Deus é que ela continuasse Zeladora porque ao menos nessa hora eu podia respirar. Tinha um filho chamado João Carlos que era o mesmo nome do pai. O pai era muito bom mas o menino tinha puxado a mãe. Uma peste de menino estava ali. Caçava mosquito pra botar no meu prato e me dava cada estilingada de ficar marca. Uma noite quis me ver pelada e como não deixei veio mijar na minha cara enquanto eu estava dormindo. Na procissão da Semana Santa ia vestido de Nosso Senhor dos Passos.

Assim que Dona Gertrudes virava as costas o menino largava o caderno e fugia pra jogar futebol perto do matadouro. Então seu João Carlos vinha na cozinha pedir um café e prosear comigo. Era muito educado mas morria de medo da mulher. É uma verdadeira megera ele me disse certa vez e me lembro que achei graça na palavra que nunca tinha escutado antes. Ia enrolando seu cigarrinho de palha e se queixando tanto que até criei coragem e perguntei por que ele não fazia a pista duma vez. Quando era moço bem que tentei mas ela ameaçou se matar ele respondeu. Então fui ficando. Agora estou velho e não adianta mais nada mas você que é novinha devia fugir o quanto antes. Vá-se embora menina. Vá-se embora.

E foi o que eu fiz. O pouco de dinheiro que ela me dava fui juntando num pé de meia pra render mais como via minha mãe fazer. E numa madrugada levantei antes dela e vesti meu vestido cinzento e corri pra estação. O carro de primeira estava quase vazio mas o de segunda tinha gente até de pé. Arrumei um lugarzinho perto de uma mulher muito gorda que comia pão com cebola. Assim que o trem começou a andar espiei pela janelinha e quando vi a vila amontoada lá embaixo não aguentei e caí no choro. Me representou ver minha mãe lá longe com o pano amarrado na cabeça e pensando se ia pegar a estrada que nem fez a Tita. E minha irmãzinha brincando com as minhocas. E Pedro tão sério mexendo nos cadernos. Nossa mesa com a flor dentro da garrafinha de guaraná. Juro que me representou escutar até a fala deles. Onde estava nossa casa? Onde estavam todos?

A mulher perguntou se eu chorava por causa da cebola que ela picava num guardanapo aberto no colo. Respondi que chorava de verdade mesmo. Ela mastigava sem parar e quando o pão acabou abriu um embrulho com ovo cozido e me ofereceu um. Contou que tinha seis filhos que estavam na casa de uma comadre porque o marido era tão imprestável que não ganhava nem pro sustento de um tico-tico. Repartiu comigo o virado de feijão e riu muito quando contou como o caçula era engraçado. Depois chorou porque se lembrou que estava indo pra ficar de esmola na casa de uma irmã tudo por culpa daquele marido que só prestava pra fazer filho.

Anoiteceu e a gente ainda no trem. A mulher parou de comer e dormiu. Fiquei olhando o mato lá fora mais preto do que carvão. O céu também estava preto. Tive tanto medo que até me deu enjoo mas de repente vi minha cara no vidro da janela. Eu tinha mesmo a cara de lua cheia que Dona Gertrudes vivia caçoando. Mas a pele era clarinha. E a boca muito bem-feita sim senhora e com todos os dentes. Passei a mão no meu cabelo louro louro. Mas louro de verdade e anelado sem ser de permanente. Achei bonito o meu cabelo ali no vidro e olhei de novo pro céu. O pretume tinha se rasgado e pelo rasgão apareceu um monte de estrelas. Me deu então uma bruta calma quando vi uma estrelinha verde brilhando lá longe. Imaginei que aquela bem que podia ser minha mãe. Então fechei os olhos e pedi que ela tomasse conta de Pedro. E que também olhasse um pouco por mim.

Quase todas as minhas colegas do salão de danças contaram que se perderam com moços que prometeram casamento. Pois comigo foi diferente porque o Rogério até que não prometeu nada. Foi o primeiro conhecimento que fiz na cidade. Ele era grandalhão e tinha um riso tão bom que dava logo vontade da gente rir junto. Assim que cheguei sentei num banco da estação e fiquei ali parada sem saber pra onde ir. Então ele veio prosear comigo e se ofereceu pra me ajudar. Reparei que vestia uma roupa diferente e perguntei que farda era aquela. Mas esta é a roupa de marinheiro ele respondeu. E começou a rir porque achou uma coisa de louco topar com alguém que nunca tinha visto um marinheiro. Contou que morava no Rio mas estava agora de licença pra tratar de umas coisas que tinha que tratar aqui em São Paulo. E ficou olhando pro meu vestido. Já adivinhei tudo ele foi dizendo. Você vestiu o vestido da sua mãe e fugiu de casa porque trabalhava demais e até fome passou. Acertei?

Me levou numa confeitaria cheia de espelhos e luzes. Reparei então como eu estava mal-arrumada perto das outras moças e acho que ele também adivinhou o que eu estava pensando porque me pediu que eu não ficasse com vergonha daquelas mulheres bem-vestidas mas todas umas vagabundas de marca. E prometeu que no dia seguinte ia me comprar até um enxoval. Quer um enxoval hein Joana? Expliquei que meu nome não era Joana e sim Leontina. Leontina Pontes dos Santos. Não faz mal ele respondeu rindo. Esse seu cabelo encacheado é igual ao cabelo do São João do Carneirinho e pra mim você sempre será Joana.

Fui contando minha vida enquanto bebia café com leite e comia biscoito de polvilho. Ele bebia cerveja e escutava muito sério. Pediu depois um prato de batata frita. Falei no Pedro e na vontade que tinha de encontrar com ele apesar de não ter recebido até agora nenhuma carta naqueles quatro anos.

Isto aqui é grande demais pra você achar esse primo ele disse sacudindo a cabeça. Neste puta bolo a gente não encontra nem com a mãe. E é melhor mesmo não contar com ninguém ele disse segurando minha mão. Foi o primeiro conselho que ouvi e agora que estou sozinha vejo como era verdade isso que o Rogério me disse. Conte só com você que todo mundo já está até as orelhas de tanto problema e não quer nem ouvir falar no problema do outro. Depois me disse que se eu estivesse gostando dele como ele estava gostando de mim tudo ia ser muito fácil. A gente podia ir morar junto lá no hotelzinho mas desde já me avisava que não ia prometer nada. Nunca enganei nenhuma mulher ele avisou. Sou livre mas não vá ficar alegre com isso porque casar não caso mesmo. Meu compromisso é outro. Nunca esquento o rabo em parte alguma ele disse despejando mais cerveja no copo. Fiquei olhando a espuma. Chega uma hora me mando pro mar e adeus. Está bem assim?

Respondi que nunca tinha visto o mar. Num desses domingos a gente vai comer uma peixada em Santos ele prometeu. E explicou que o mar era tanta água tanta que no fim ele parecia se juntar com o céu. Mas se a gente chegasse até lá tinha ainda pela frente um chão de mar que não acabava nunca. Às vezes esse mar ficava arreliado e espumava feito louco varrido puxando pro fundo tudo o que encontrava. Assim como vinha de repente essa raiva de repente passava. E sem ninguém saber por que a água se punha mansa e embalava os navios como berços. Engraçado é que acabei conhecendo o mar mas não foi com ele. Cada domingo que a gente combinava de ir comer a tal peixada acontecia alguma coisa e acabei indo pra Santos quando já andava com o Mariozinho.

O hotel ficava numa ruinha estreita cheirando a café porque tinha na esquina um armazém de café. Chamava Hotel Las Vegas. Subimos a escada de caracol e entramos no quarto. Então fiquei sentada na cama. Ele riu e agradou meu queixo. Depois me deu um sabonete verde e avisou que o banheiro ficava do lado. Não me envergonho de dizer que aprendi a tomar banho com Rogério. Você tem que tomar banho todo dia e lavar bem as partes ele ensinou quando expliquei que em casa a gente só tomava banho de bacia em dia de festa porque nas outras vezes só lavava o pé. E na casa da minha patroa ela não gostava que eu me lavasse pra não gastar água quente.

Quando voltei do banheiro embrulhada na toalha ele me deu pra vestir uma cueca e uma camiseta com umas coisas escritas no peito. Perguntou se eu sabia ler isso daí que estava escrito e foi logo explicando que era tudo em inglês e repetiu e me fez repetir inglês inglês inglês. Estados Unidos ele disse e ficou enxugando meu cabelo que pingava água. Já tinha estado por lá e isso escrito na camiseta queria dizer *Eu não posso deixar de te amar*. Ainda sou magra mas nesse tempo era mais magra ainda e aquela roupa ficou tão grande e tão esquisita que me deu vergonha e fui me esconder na cama debaixo do lençol. Ele riu e se deitou do meu lado. Você está com medo? ele perguntou. Confessei que estava. Não tenha medo ele disse. É como beber um copo d'água. Enquanto você estiver assim tremendo a gente não faz nada está bem assim? Te ensino depois como evitar filho e outras coisas. Fechou a luz e ficou fumando e eu fiquei encolhida e olhando pro teto. Não gostava do cheiro da fumaça mas era bom o cheiro do sabonete e até hoje não sei por que pensei no meu pai quando ele passou o braço debaixo da minha cabeça e me chamou, Vem Joana.

Esse foi um tempo feliz. Rogério era muito paciente e alegre. Como ele era alegre. Sempre me trazia um presentinho da rua e quando tinha dinheiro me levava pra comer no restaurante. Também me fez arrumar as unhas na Valderez que tinha o salão na rua do hotel. Se estava duro dizia Estou duro e daí a gente comia sanduíche num bar por perto onde o dono era amigo dele. Em todo bar que a gente ia o dono era amigo dele.

No sábado tinha cinema e depois tinha o Som de Cristal onde a gente ia dançar que ele tinha paixão por música. Tão alegre o Rogério. E tão bom. Foi com ele que aprendi isso de dizer que não tem problema. Nada de se aporrinhar que a vida assim acaba ficando uma puta aporrinhação ele repetia quando eu me queixava de alguma coisa. Não tem problema Joana. Não tem problema. Aprendi também a fazer amor e a fumar. Até hoje não consegui gostar de fumar. Comprava cigarro e ficava fumando porque todo mundo em nossa volta fumava e ficava esquisito eu não fumar. Mas dizer que gostava isso eu não gostava mesmo. Também fazia amor tudo direitinho pra deixar ele contente mas sempre com uma tristeza que não sei até hoje explicar. Essa hora do amor foi sempre a mais sem graça de todas. Justo na hora de ir pra cama com ele já esperando eu inventava de fechar a torneira que deixei aberta ou ver se não tinha perdido minha carteira de dinheiro. Vem logo Joana que já estou quase dormindo o Rogério me chamava. Quando não tinha mais remédio então eu suspirava e ia com cara de boi indo pro matadouro. Me sentia melhor se tomava um bom copo de vinho mas era depois do fuque-fuque que o Rogério cismava de beber. E de cantar a modinha do marinheiro.

Cantava bem o Rogério e quando o Milani aparecia com o violão era aquela festa. Cantava muito o "Adeus Elvira que o sol já desponta". Essa modinha me dava um ciúme louco porque ele quase chorava enquanto ia chamando Elvira Elvira. O Milani respeitava a tristeza dele e então eu imaginava que essa tal de Elvira existiu.

Um dia achei o Rogério diferente. Comeu pouco. Falou pouco. Perguntei o que era e ele respondeu que não era nada. Depois de um sanduíche que comemos no quarto ficamos os dois debruçados na janela. A noite estava uma beleza e foi me dando um sentimento muito grande. Não tem problema Joana disse o Rogério passando o braço na minha cintura. Você é uma pequena muito direita e ainda vai encontrar um sujeito bem melhor do que eu. Escondi a cara na mão e nem consegui responder. Eu te quero Joana ele disse. Mas sou um tipo que não pode andar com mulher e panelas sempre atrás. Se te largasse até que te fazia um favor porque você precisa casar e não perder seu tempo com um camarada assim maluco. Como eu continuasse cobrindo a cara ele começou a me fazer cócegas e brincar que minhas sobrancelhas eram tão arqueadas como as asas das gaivotas. Você também não conhece gaivota nem inglês nem nada ele repetia me sacudindo e arreliando meu cabelo. Mas no domingo que vem a gente vai pra Santos e lá você vai ver como elas têm asas que nem suas sobrancelhas. E ligou o rádio e dançou um pouco comigo e me contou uma historinha tão engraçada que aconteceu lá no navio que acabei ficando contente de novo.

Nessa noite ele foi muito carinhoso e me fez tanto agrado que cheguei a perguntar por que a gente não casava duma vez e tinha filho e tudo. Ele ficou sério. Estava escuro mas senti que ele ficou sério quando encostei a cabeça no seu peito com aquele cheiro gostoso do sabonete verde. Acendeu um cigarro e disse Agora durma. Quando acordei na manhã seguinte Rogério não estava. Desceu mais cedo pra tomar café pensei. Então dei com a pulseira de pedrinhas de todas as cores em cima da mesa. Debaixo da pulseira estava o bilhete. E o dinheiro. Escreveu naquela letra bem redonda pra que eu entendesse mas a verdade é que nem precisei ler pra saber o que estava escrito. As lágrimas misturavam tanto as letras que eu não sabia se elas estavam no papel ou nos meus olhos. O bilhete dizia que ele tinha que seguir viagem porque tinha sido chamado e essa era uma viagem comprida. Achava melhor então se despedir de mim. Que eu ficasse com aquele dinheiro pra alguma necessidade porque o hotel estava pago até o fim do mês. Que procurasse o Milani pra me ajudar se precisasse de ajuda e que ficasse com a pulseira como prova de afeição. Essa pulseira o Milani acabou vendendo.

Sem Rogério eu não podia achar mais nenhuma graça na vida. E agora lembro que só depois que ele foi embora pra sempre é que vi como eu gostava dele e como a gente tinha sido feliz naquele quartinho da rua com cheiro de café. Chorei até ficar com o olho que nem podia abrir de tão inchado. Depois fechei a janela e fiquei ali trancada no quarto só querendo chorar e dormir. Só chorar e dormir no travesseiro dele porque assim me representava que ele ainda estava ali. Veio o seu Maluf bater na porta com medo que eu fizesse alguma besteira. Aqui não menina. Aqui não que eu não quero encrenca no meu hotel. Se tiver que fazer pelo amor de Deus vá fazer na rua. Respondi como o Rogério me ensinou a responder. Não tem problema seu Maluf. Não tem problema. Tomei banho com o sabonete dele e vesti a camiseta com aquilo tudo escrito em inglês *Eu não posso deixar de te amar.* Mas deixou. Mas deixou fiquei repetindo e chorando com a cabeça enfiada na gaveta vazia e com aquele perfume da loção que ele usava no cabelo.

Dona Simone que é vizinha de quarto veio me consolar quando escutou minha aflição. Homem é assim mesmo ela disse naquela fala enrolada que eu não entendia muito bem porque era gringa mas de uma outra cidade. No meio da conversa soltava tudo quanto era palavrão lá na língua dela que mulher pra dizer asneira estava ali. Fazia o gesto ao mesmo tempo que falava. Me fez beber um pouco do vermute que pra onde ia levava aquela bendita garrafa. Falou de novo num tal de Juju. E acabou confundindo esse Juju com o Rogério. Tudo *farrine* do mesmo *saque farrine* do mesmo *saque* berrou tão alto que seu Maluf voltou pra ver se a gente não estava brigando. Depois ficou com sono e se jogou na minha cama com aquele bafo tão forte que não aguentei e fui dormir no chão.

Voltou mais vezes. Usava um perfume que me enjoava porque era forte demais e misturado com aquele bafo me dava ânsia. A bendita garrafa debaixo do braço. Se sentava com os pés em cima da mesa porque a perna inchava demais. Era gorda. O cabelo curto pintado de preto. Ficava xingando e bebendo até cair no sono. Era horrível mas ainda assim eu me distraía um pouco até que numa tarde veio quase pelada e me mandou ficar pelada também. Começou a me agarrar. Expliquei sem querer ofender que se nem com homem eu tinha achado muita graça imagine então com mulher. Ela riu e ficou dançando feito louca abraçada no travesseiro. Depois cantou a música lá dos gringos e caiu de porre atravessada no chão do quarto. Fiz ela rolar em cima do cobertor e depois tive que arrastar o cobertor com ela esparramada feito um saco de batata.

Nessa noite me deu vontade de me matar. Respeitei seu Maluf que não queria confusão no hotel e fui pra rua comprar veneno. Vou no jardim e bebo formicida pensei. Mas quando fui passando pelo bar da esquina me deu uma fome desgraçada. Pedi um cachorro-quente. Foi então que encontrei o Arnaldo me perguntando se por acaso eu não era a pequena do Rogério. Nem pude responder. Então ele se sentou comigo no balcão. Disse que o navio do Rogério já estava longe e era melhor mesmo eu tirar ele da cabeça porque não era homem de voltar pra mesma mulher. Aconselhou ainda que eu bebesse cerveja porque formicida queima que nem fogo e cerveja sempre lava o coração.

Arnaldo não era bonito que nem o Rogério e não tinha dinheiro nem pro cigarro. Disse que era artista de cinema e que ia me botar pra trabalhar feito estrela. Andei espiando ele trabalhar. Era uma fita de alma do outro mundo misturada com gente viva que só aparecia pelada ou então na cama. O papel dele era botar na cara uma máscara medonha e assim mesmo tão depressa que não dava tempo pra nada. Mal aparecia e já sumia no meio daquele bando de gente. Na próxima fita vou fazer o papel de galã sabe o que é um galã? ficava me perguntando. Ficou mais de uma semana aboletado comigo no hotel e quando gastei minha última nota ele fez a pista com aquela mesma cara contente que tinha quando me encontrou no bar. Foi então que procurei o Milani que me arrumou um emprego de garçonete no Bar Real. Fomos morar numa pensão cheia de artista de circo e foi nessa pensão que conheci a Rubi. Perguntei se também trabalhava no circo e ela respondeu que já fazia muita palhaçada sozinha sem precisar de contrato. Contou que era táxi e mais aquela palavra que até hoje me enrola na língua quando digo. Me apresentou pro seu Armando caso eu quisesse trabalhar no salão.

Minha amizade com o Milani não durou. De dia ele ficava metido num negócio de automóvel e até que ganhava dinheiro. Só voltava de noitinha justo na hora em que eu saía pra trabalhar. Então se punha a beber e bebia mesmo de não se aguentar de pé. Daí ficava ruim de gênio e quebrava tudo que tinha em redor. Foi assim que perdi todos os presentes que Rogério me deu. Numa só noite ele quebrou meu toca-discos e arrancou a porta do guarda-roupa e jogou na calçada. Fiquei muito aborrecida e mandei que ele sumisse pra sempre. Já vou já vou ele dizia enquanto ia jogando pra cima as roupas da cômoda. Depois pegou no violão e saiu cantando pela rua afora. Mais tarde um amigo veio me dizer que ele estava perdido de tanta maconha e outro dia esse mesmo cara contou que ele tinha casado. É verdade que fiquei um pouco triste mas está visto que nem pensei em me matar como da primeira vez.

Foi nessa ocasião que Rubi ficou minha amiga. Os homens são uns safados ela repetiu não sei quantas vezes. Vivi dez anos com um tipo que veio pra mim mais pesteado do que um cão sarnento. Cuidei das pestes e das bebedeiras dele. Deixou de beber e ficou bem-disposto que só vendo. Começou a trabalhar de novo e teve sorte porque logo ganhou tanto que comprou até um carro. Eu devo minha vida a você ele vivia me dizendo. Eu estava morto quando te encontrei e nem minha mãe ia ter paciência de me aguentar como você me aguentou. Rubizinha Rubizinha você foi a minha salvação vivia repetindo. Fiquei feliz e justo justo na hora em que pensei que podia descansar um pouco de tamanha trabalheira e viver em paz com meu homem ele me deu um bom pontapé no rabo e foi se casar com uma priminha. Agora tenho trinta e cinco anos e já estou escangalhada porque comecei com quinze e não é brincadeira essa vida de dar murros de dia e de noite ainda ter que fazer um extra com perigo de pegar filho e doença como já peguei. Mas naquele tempo queria saber ao menos a metade do que sei hoje. Ao menos a metade ela ficou me dizendo enquanto fazia seus furos com a ponta do cigarro numa folha de jornal.

A pensão ficou cara demais. Então a gente alugou um quarto perto do salão onde ela dançava. O almoço era de sanduíche e café que a gente fazia escondido no fogareiro que a dona proibia com medo de incêndio. A desforra vinha no jantar se por sorte aparecia algum convite.

Só então reparei como a cidade era grande. Eu podia ficar andando e não repetia nenhuma rua. Puxa que nunca imaginei que essa cidade fosse grande assim. E como não conhecia ninguém achei uma maravilha morar num lugar onde a gente dá as cabeçadas que quiser e nem o vizinho fica sabendo. E dei mesmo com a cabeça a torto e a direito mas se ia com este ou com aquele nunca era por interesse porque não sou dessas que têm o costume de pedir coisas em troca. A Rubi está aí de prova porque disse que ela era igual quando tinha vinte anos. Que nem adiantava me aconselhar porque meu miolo era mesmo mole e que quando eu fosse um caco é que ia me lembrar de dar valor ao dinheiro.

Agora vem esse tira dizer que matei o velho pra roubar e que acabei fugindo de medo. Pelo amor de Deus a senhora não acredite porque isso é uma mentira. É uma grande mentira e a Rubi está de prova. E também seu Armando que vivia me dizendo que Deus dá noz pra quem não tem dente. Até hoje não sei o que seu Armando queria dizer com isso mas tinha qualquer relação com esse negócio de não me aproveitar dos homens. Seu Armando está aí de prova porque ele me conhecia muito bem e me achava a mais direitinha lá do salão.

Meu emprego não presta pra nada Rubi me avisou antes de me levar pra falar com seu Armando. Não tem sola de sapato que aguente e um dia desses meu peito ainda arrebenta que nem corda de violão. A gente tinha tomado uma média e ela ia conversando comigo enquanto fazia furos na toalha com a ponta do cigarro. Rubi tinha essa mania. Até na cortina do nosso quarto fez esses buracos. Contou que tinha ficado doente de tanto pular com aquela homenzarada e que se ainda continuava é porque agora não tinha outro jeito senão ir até o fim. Mas que eu pensasse bem se queria mesmo levar essa vida.

Respondi que meu emprego no Pierrô não era melhor do que o dela. Fazia quase dois meses que a boate não me pagava nada e além do mais a polícia vivia rondando porque o Guido que era viciado começou a passar o pó pros fregueses. Não peguei o costume porque a única vez que experimentei assim de brincadeira fiquei tão ruim que comecei a rir sem parar e querendo pular da janela do hotel. Se não fosse o tipo me segurar eu tinha me jogado lá pra baixo. Rubi então encolheu o ombro e me explicou como era o tal salão. A gente tinha que dançar com um montão de caras que compravam os tíquetes e escolhiam as pequenas. Mas se precisam pagar pra isso é porque são uns lobisomens de medonhos eu disse e ela riu. Até que de vez em quando aparece um homem bonito mas vai ver ele tem isso ou aquilo que não funciona. Conheci um tipo de costeleta que parecia artista. Fiquei besta quando vi um tipo assim bacana metido com aquela raça de condenados e estava toda satisfeita quando ele me tirou. Saímos atracados num bolero mas quando ele abriu a boca pra falar tive que prender a respiração. A boca cheirava a merda. Não se espante Leo que lá tem de tudo. É não ligar pra tanta coisa maluca que aparece como aquela mulher que me tirou vestida de homem e tão bem servida que fiquei me perguntando onde ela foi arrumar um negócio grande assim. O que a gente ouve então. É só botar o pensamento em outra coisa e ir mexendo as pernas no compasso de cada um. Tem os que vão só pra mexer as pernas mas a maior parte está mesmo querendo mulher e precisa desse aperitivo. Se te interessa aceita. Mas não custa apalpar um pouco o cara pra ver se não está armado. E todo o cuidado com os tiras que vêm com parte de te ajudar porque esses são os piores.

No começo pensei que ia morrer de tanta canseira. Dançava com os fregueses das dez às quatro da manhã sem parar. E quando me esticava na cama era horrível porque se a cabeça dormia o pé continuava dançando. Rubi foi muito boa pra mim nessa ocasião e também o seu Armando que me pagou muito lanche e me deu muito conselho. Nunca diga não pro freguês. Responde de um jeito duvidoso e com isso ele não perde a esperança e volta. Sua comissão aumenta. Também não prometa bestamente que vai num encontro e depois não aparece que qualquer homem vira um tigre com essa história de prometer e não ir. Sei de muita menina que passou um mau bocado por causa disso. Dê a entender que por sua vontade você ia de muito bom gosto mas que alguém está esperando e que pode até te matar se souber. Tem drogado à beça. Não entre nisso que depois você não se livra mais. É pior ainda do que cafetão. Vê se bota na cabeça que é um trabalho como qualquer outro ter que dançar por obrigação e não pra se divertir. Mesmo que ele te pise o tempo todo não perca a carinha alegre e pergunte onde foi que ele aprendeu a dançar tão bem assim. Se ele te agarrar demais diga então que o regulamento não permite e no abuso quem perde o emprego é você com sua mãe e irmãozinho pra sustentar. Está visto que ninguém mais acredita nessa história de mãe mas não custa tentar. Às vezes cola.

Não confessava nem pra Rubi mas no fundo do coração cheguei a esperar que de repente aparecesse alguém que gostasse de mim de verdade e me levasse embora com ele. Podia até ser alguém que me falasse em casamento. E em toda a minha vida nunca quis outra coisa. Mas Rubi que parecia adivinhar meu pensamento me avisou que tirasse o cavalo da chuva porque nenhum homem quer casar com uma mulher que fica atracada a noite inteira com tudo quanto é cristão que aparece. Os tipos que transavam pela zona eram todos sem futuro. Agradeça a Deus se algum deles não se lembrar de te jogar pela janela ou te enfiar uma faca na barriga. E contou um montão de casos que viu com os próprios olhos de pequenas assassinadas por dá cá aquela palha. E a polícia não faz nada? perguntei. Ela ia furando com um cigarro a revista da anedota. Não seja burra Leo. Até os tiras fazem e muito. Acho mesmo que são os que mais fazem e se não ficam ricos é porque os escrotos acabam deixando o dinheiro no mesmo lugar de onde arrancam.

Era bom quando seu Armando vinha prosear com a gente e de uma feita contou que uma tal de Mira acabou se casando com um cara que vinha dançar e que era dono de um montão de fazendas em Goiás. Hoje ela era uma granfa e vivia aparecendo no jornal em festa até de rainha. Essa história me animou que só vendo. Mas quando seu Armando viu minha animação achou graça. Sossega Leo que esse negócio de abóbora virar carruagem está ficando cada vez mais difícil. Em todo caso não perca a esperança que eu também não perco a minha de encontrar um dia um rio de ouro como aconteceu com aquele mendigo da Califórnia.

Um santo o seu Armando. Pensando bem até que existe gente boa mas é difícil. Ainda outro dia ele veio aqui me visitar. Se eu não fosse um duro com quatro filhos pequenos pra sustentar era capaz de te contratar uma boa defesa ele disse. Porque pelo visto só com muito dinheiro é que pode se livrar da enrascada em que foi cair. E repetiu o que costumava repetir quando me via numa apertura. Que eu ficasse confiante e não perdesse a esperança. Que não perdesse a esperança. Não tem problema eu respondi. E fiz aquela cara contente que aprendi a fazer quando no fim da noite chegava mais um freguês querendo animação e eu só querendo desabar na cama e apagar. Perguntou pelo meu primo que parecia ser tão importante. Lembrei que Pedro foi sempre muito soberbo e que duas vezes já tinha acontecido de não querer nem falar comigo. A primeira vez foi naquela festa do teatrinho da escola e a segunda foi lá na enfermaria da Santa Casa. Daí seu Armando que é crente lembrou que Pedro tinha negado Jesus três vezes. Faltava ainda uma vez pra Pedro dizer que nunca me viu.

Rubi também veio me visitar e me animou tanto que chegamos a fazer uns planos. Você vai ficar livre ela disse. Sonhei que vai e quando isso acontecer a gente se muda sem nenhum conhecido por perto pra começar vida nova. Vida nova Leo. Vida nova. Com comida na hora certa e um pouco de sossego esse raio de doença não me pega mais pelo pé. E você também vai trabalhar tudo direitinho e pode conhecer um tipo que seja jovem a ponto de acreditar em casamento porque tem gente que ainda acredita. Então vai estourar de feliz. Que tal Leo que tal esse programa? ela me perguntou andando de um lado pra outro. Comecei a andar também. Isso mesmo. Não perder a esperança. O dia de hoje é ruim? Amanhã vai ser melhor como dizia o Rogério. E já ia repetir que não tinha problema. Mas nessa hora me lembrei do meu advogado quando avisou que eu estava me afundando cada vez mais. E o tira me disse que no mínimo no mínimo eu ia pegar uns quinze anos. Então abracei Rubi e chorei no seu ombro mais ainda quando vi que ela também estava chorando.

Que trapalhada que você foi fazer ela disse enxugando a cara e acendendo um cigarro. No seu lugar também eu tinha feito o mesmo porque sei que o velho era um grandessíssimo safado e teve o que mereceu. Mas é dono de jornais e mais isso e mais aquilo. A vagabunda matou pra roubar é o que repetem. Sei que não foi assim. Mas estão cagando pra o que eu sei. Justo agora que a gente podia melhorar de verdade disse e cuspiu o cigarro com raiva. Acendeu outro e ficou soprando a brasa. Sempre sonhei com um lugar sossegado e longe de toda essa confusão. Eu sarava e quem sabe ainda arrumava um sujeito que não fosse esses maconheiros de merda que vivem em nossa volta. Mas vai acontecer tudo ao contrário. Você vai ficar aqui apodrecendo e eu vou continuar pulando e me encharcando de bebida até o dia em que botar o pulmão pela boca. Tinha que ser.

Achei que Rubi queria parecer furiosa andando de um lado para outro mas quando olhei vi que estava tão desesperada que me deu uma tremedeira e comecei a chorar de novo. Rubi pelo amor de Deus me diga agora o que é que eu vou fazer berrei me atirando na cama. Ela não respondeu. Andava sem parar feito um bicho. E ia repetindo que tinha que ser assim. Depois sentou e com a brasa do cigarro começou a fazer aqueles furos na bainha do lençol. Tinha que ser repetiu. Tinha que ser.

Engraçado é que agora que estou tanto tempo assim parada sempre me lembro de uma ou outra coisa que aconteceu quando eu era criança. Aqui faz muito frio. Frio igual só senti uma vez em que Pedro me empurrou pra dentro da lagoa. Eu estava fazendo um bonequinho de barro e Pedro recitava uma poesia do livro de leitura. Estava tudo bem até que apareceu uma menina e um menino os dois montados em cavalos pretos. A menina usava botas e o menino tinha um casaco de couro e botas também. Estavam vermelhos da disparada e ficaram olhando pra nós. Que é que você está fazendo nesse frio? perguntou a menina pra Pedro. Daí Pedro respondeu que não estava com frio. Vocês dois estão roxos de frio disse o menino apontando o chicote pra Pedro. Olha aí a cor do seu beiço. A menina balançou a cabeça e começou a cantar de um jeitinho enjoado Pedro não está com frio Pedro não está com frio. Daí Pedro se levantou como se tivesse levado uma chicotada e disse que nem ele nem eu tinha frio e a prova é que a gente tinha vindo tomar banho.

Fazia um frio pra danar e por isso não entendi por que Pedro foi inventar essa história da gente entrar na água com um tempo desses. E já estava mesmo disposta a dizer que não ia entrar na água coisa nenhuma quando ele me agarrou pelo braço e antes que eu adivinhasse o que ele ia fazer me puxou para dentro da lagoa. Ficamos os dois sem poder respirar no meio daquele gelo. Eu nem sentia mais meu corpo com a mão de Pedro agarrada no meu braço pra que eu não fugisse.

Os dois ficaram quietos e só olhando. A menina até abriu a boca de tão espantada. E de repente os dois bateram no lombo do cavalo e foram embora no galope. Duas vezes a menina ainda olhou pra trás. Saímos da lagoa. O frio era tamanho e eu estava tão desanimada que me sentei no barro e fiquei ali na tremedeira. Por que você foi fazer uma coisa dessas perguntei pra Pedro enquanto ia torcendo a barra do vestido. A gente pode até morrer e a mãe ainda vai botar a culpa em mim e decerto vou apanhar.

Ele tremia também. Você não entende mas eu tinha que fazer isso. Agora nunca mais vão perguntar na escola por que estou sem casaco e se não sinto frio. Agora eles sabem que não sinto frio e nunca mais vão me perguntar nada.

Lembrei muito dessa tarde na noite que fez um frio de danar aqui na prisão. E quando de manhã vieram me dizer que tinha uma visita pra mim meu coração pulou de alegria. É o Pedro que leu o caso no jornal e veio me ver correndo. Mas era a Seglinda.

Puxa Leo que você mandou o velhote desta pra uma melhor ela disse rindo enquanto me abraçava. E logo começou a contar as novidades lá do salão. Contou que no meu lugar entrou uma pequena muito cafona chamada Janina. Que a Rubi tinha amarrado um porre monstro e que fez com a ponta do cigarro um monte de furos na roupa de um italiano que subiu pela parede de raiva. Que o homem do cravo no peito sempre perguntava por mim.

Eu quis mostrar que não estava ligando e comecei a rir e ela ria também mas notei que estava nervosa porque mascava o chiclete bem depressa como naquela noite em que o Alfredo veio tirar satisfações dela. Então apertei a cabeça e fiquei chamando minha Nossa Senhora minha Nossa Senhora enquanto ela ia passando a mão no meu cabelo querendo saber por que justo eu que era tão boazinha fui fazer uma besteira dessas.

É o que perguntam. Também não sei responder. Sei que nunca pensei em matar aquele raio de velho. Deus é testemunha disso porque até de ver matar galinha me doía o coração. Fugia pra dentro de casa quando Dona Gertrudes torcia o pescoço delas como se fosse um pedaço de pano. Deus é testemunha. E agora vem o advogado e vem o tira me perguntar tanta coisa. Mas eu já disse tudo o que aconteceu e não sei mesmo o que mais que essa gente quer que eu diga.

Foi na tarde que inventei de comprar sapato porque o meu estava esbagaçado e quando chovia meu pé ficava nadando na água. Não comprei porque o dinheiro não deu e então como não tinha o que fazer fui olhar as vitrinas. Foi quando dei com o vestido marrom.

Amaldiçoada hora essa. Amaldiçoada hora que enveredei por aquela rua e parei naquela vitrina. O vestido estava numa boneca e tinha o meu corpo. E pensei que decerto ia servir pra mim e que era o vestido mais lindo do mundo. Foi quando ouvi uma voz perguntando bem baixinho se eu não queria aquele vestido. No vidro que parecia um espelho estava a cara do velho. Era gordão e mole que nem geleia. Juro que tive vontade de rir quando me lembrei daquela história do Sonho de Valsa que a Rubi me contou estourando de raiva. É uma historinha muito suja de um velho que tinha paixão por esse bombom mas só queria comer de um jeito e esse jeito era tal que até hoje a Rubi fica bufando só de ouvir a palavra *valsa*. Me lembrei disso e juro que tive vontade de rir porque pensei que o velho do tal bombom bem que podia ser aquele dali. Mas fiquei firme porque já disse que dinheiro nunca me fez frente e a Rubi mesmo vivia caçoando de mim porque tinha mania de andar com esmolambentos. Juro que quis continuar meu caminho mas lá estava o vestido com aquela rosa de vidrilho vermelho no ombro. Quando ele fez a pergunta pela segunda vez então não aguentei e respondi que se ele quisesse me dar eu aceitaria sim com muito gosto.

Uma vendedora ruiva veio toda contente cumprimentar o velho. Os dois já se conheciam. Esta menina quer aquele vestido da vitrina ele disse. O vestido me assentou feito uma luva e a vendedora então me aconselhou que fosse com ele no corpo porque estava uma beleza. Fiquei zonza. É que nunca tinha visto um vestido assim caro e quando me olhava no espelho e passava a mão na rosa de vidrilho minha vontade era sair rodopiando de alegria. O caso é que agora tinha que aturar o velho. Mas já tinha aturado tantos sem vestido nem nada que um a mais ou um a menos não ia fazer diferença.

Na rua é que me lembrei que tinha deixado lá dentro da loja o meu vestido branco. Vou buscar meu vestido que esqueci eu disse mas o velho agarrou no meu braço e rindo um risinho meio esquisito falou que eu era muito engraçadinha por querer fugir fácil assim. Eu não estava querendo fugir coisa nenhuma e me aborreci muito quando escutei isso. Mas achei que tinha que ter paciência com ele e ir aguentando o tranco com a cara bem satisfeita que outra coisa não tenho feito desde que nasci.

Quando entrei no automóvel é que reparei o quanto o velho devia ser rico pra ter um carrão daqueles. O quanto era rico e feio com aquele jeito de peru de bico mole molhado de cuspe. O rádio tocava baixinho umas músicas tão delicadas mas o velho não parava de falar e fazer perguntas. Depois sossegou e eu preferi muito porque assim só ouvia o rádio e não carecia ficar olhando pra cara dele. Não é que fosse tão feio assim. O nariz era bem-feito e os olhos azuis pareciam duas continhas. O que eu não aguentava era aquela boca inchada e roxa como se tivesse levado um murro. Mas não quis pensar nisso. Tinha um vestido novo como nunca tive um igual e estava num carro e minhas colegas iam ficar verdes de inveja se me vissem. Arre que ao menos uma vez você criou juízo a Rubi decerto ia me dizer. E fui indo tão contente assim perdida nessas ideias que nem vi que o automóvel corria agora por uma estrada.

Aqui a gente pode conversar melhor ele disse parando perto de um barranco. E foi logo agarrando na minha coxa e me puxando pra mais perto. Quando senti aquela boca molhada me lamber o pescoço me deu tamanho nojo mas disfarcei e fiquei firme quando a boca veio subindo e grudou na minha. Vi que ele queria me desabotoar mas não achava o botão e até que facilitei mas mesmo assim ele adivinhou que eu não estava gostando porque ficou fulo de raiva e começou a dizer que se eu quisesse bancar a cachorrinha me largava ali mesmo.

Juro que eu estava disposta a aturar tudo porque sabia muito bem que a gente não ganha nada fácil não senhora. Rubi mesmo costumava dizer que homem nenhum diz bom-dia de graça. Eu ia pagar sim mas quando escutei aquela conversa de descer e voltar a pé fiquei feliz da vida porque está visto que eu não queria outra coisa. Mesmo que a cidade estivesse longe ia ser uma maravilha andar sozinha por aquelas bandas e ainda por cima respirando o cheirinho do mato que fazia tempo que eu não respirava. Tomara que ele me faça descer agora. E quando veio aquela mãozona me apertando de novo e me levantando o vestido endureci o corpo e fechei a boca bem na hora em que me beijou. Sai já daqui sua putinha ele gritou. A bochecha cor de terra tremia. Sai já. Não esperei segunda ordem e ia abrindo a porta quando ele agarrou no meu braço avisando que eu podia bater as asas mas antes tinha que deixar a linda plumagem. Não entendi que plumagem era essa. Ele riu aquele riso ruim e puxando meu vestido disse que a plumagem era isso. Fiquei desesperada e comecei a chorar que ele não me tirasse o vestido porque podiam me prender se me vissem assim pelada. Não se pode fazer com ninguém uma indecência dessas mesmo porque eu estava disposta a pagar o presente. Não tinha problema. Foi o que eu disse e disse ainda que prometia ser boazinha e fazer tudo o que ele quisesse.

Juro que quis ficar de bem e até pedi muitas desculpas se ofendi em alguma coisa. O caso é que eu não era mesmo uma moça muito esperta e minha colega Rubi vivia me passando pito por causa desse meu jeito. Mas não tinha problema. Me arrependia muito da malcriação sem intenção. Até hoje não sei por que nesse pedaço ele ficou com mais raiva ainda e começou a espumar feito um touro me chamando disso e daquilo. Fui ficando ofendida porque eu não era não senhora aquelas coisas que ele dizia. E depois ele não tinha nada de puxar o nome da minha mãe que foi uma mulher que só parou de trabalhar pra deitar a cabeça no chão e morrer. Isto não estava certo porque nela que estava morta ninguém tinha que bulir. Ninguém.

Foi o que eu disse. E disse ainda que não merecia tanta xingação porque trabalhava das dez às quatro num salão de danças. E se ia com este e com aquele era por amor mesmo. Era por amor.

O bofetão veio nessa hora e foi tão forte que quase me fez cair no banco. Meu ouvido zumbiu e a cara ardeu que nem fogo. Eu chorava pedindo a ajuda da minha mãe como sempre fiz nas aperturas. O outro bofetão me fez bater com a cabeça na porta e a cabeça rachou feito um coco. Apertei a cabeça na mão e pensei ainda no Rogério que um dia surrou um cara só porque ele esbarrou de propósito no meu peito. Agora estava apanhando que nem a pior das vagabundas. Me deixa ir embora pelo amor de Deus me deixa ir embora pedi me abaixando pra pegar minha bolsa. Foi então que num relâmpago o punho do velho desceu fechado na minha cara. Foi como uma bomba. Meu miolo estalou de dor e não vi mais nada. De repente me deu um estremecimento porque uma coisa me disse que o velho ia acabar me matando. Meu cabelo ficou em pé. Ah meu pai ah meu pai comecei a chamar. Acho que gritava de medo e de dor mas nem me lembro disso. Lembro que só queria fugir e dei com as costas na porta com toda força mas ela estava bem fechada. Fui escorregando no banco. E já ia cair ajoelhada quando ele me agarrou de novo e me sacolejou tão forte que fiquei de quatro no fundo do carro. Nessa hora achei uma coisa fria e dura no chão. Era o ferro. Agarrei o ferro e pensei depressa depressa nas brigas que tinha visto no Bar Real e nos homens que levavam cadeiradas e caíam desmaiados mas logo se levantavam como se não tivesse acontecido nada. Num salto me levantei e quando ele me puxou de novo pelo cabelo e me sacudiu assentei o ferro na cabeça dele. Assim que comecei a bater fui ficando com tanta raiva que bati com vontade e só parei de bater quando o corpo do velho foi vergando pra frente e a cabeça caiu bem em cima da direção. A buzina começou a tocar. Tive um susto danado porque pensei que ele estivesse chamando alguém. Mas ele parecia dormir de tão quieto.

Fique agora aí beijando a buzina seu besta. Fique aí eu repeti e ele nem se mexeu. Me abaixei pra ver a cara dele e dei com aquela boca aberta como se quisesse me morder. O olho arregalado. Comecei a suar frio. A buzina que não parava e aquele sangue gosmento e morno que não sei como pingou na minha mão. Fiquei maluca. Limpei depressa o dedo na almofada e catei minha bolsa. Fuja Leo eu disse pra mim mesma. Fuja fuja. Levei um bruta susto quando me vi disparando pela estrada com um sapato em cada mão e com aquela buzina correndo atrás e eu querendo correr mais depressa até que aquele onnnnnnnnnnnnn foi ficando mais fraco. Mais fraco. Parei pra respirar esfregando o pé na terra como fazia quando era criança. A brecha na cabeça já tinha fechado mas a boca doía pra danar porque o lábio partiu no murro. Cuspi o sangue da boca. Um automóvel que passou na toda me assustou e fui então andando bem achegadinha ao barranco pra me esconder dos carros.

Anoitecia e tive um medo danado no meio da escuridão que era uma escuridão diferente das estradas de Olhos d'Água. Minha Nossa Senhora o que significa isso. O que significa isso fui repetindo enquanto ia chorando como só chorei quando o Rogério me largou. É que me lembrei da minha mãe. De Pedro. Da minha irmãzinha. Justo naquela hora é que Pedro saía comigo pra catar vaga-lume. A sopa na panela. A coisa melhor do mundo era tomar aquela sopa quente. E minha mãe com sua carinha conformada e Pedro pensando sempre nos seus livros e minha irmãzinha pensando nas suas minhocas. Agora tinha acontecido tanta encrenca junta mas tanta. Não tem problema o Rogério dizia. Mas pra meu gosto já fazia tempo que tinha problema até demais. Então estava certo? Dançando a noite inteira com uns caras que vinham pisando feito elefante e me apertando e beliscando como se minha carne fosse de borracha. Pobre ou rico era tudo igual com a diferença que os pobres vinham com cada programa que Deus me livre.

Fui andando mais depressa e pensando como a vida era ruim ainda mais agora com essa trapalhada do velho. E me veio de repente uma saudade louca do Rogério que tinha sido o melhor de todos os homens que conheci. Também senti um pouco de falta do Bruno e do Mariozinho mas mais ainda do Rogério rindo e contando casos enquanto a gente descascava laranja na janela do hotelzinho cheirando a café.

Acordei gritando com aquela buzina forte bem debaixo do travesseiro. Pelos buracos da veneziana vi que já era dia. Rubi tinha dormido na rua. Foi um sonho ruim pensei. Um sonho ruim e se Rubi não tivesse dormido fora eu ia pedir pra ela ler naquele livro dos sonhos o que era sonhar com toda essa embrulhada. Foi sonho. Foi sonho. E de repente dei com a rosa de vidrilho brilhando no escuro. Olhei minha mão onde tinha pingado o sangue da cor da rosa. Passei a língua no lábio inchado. Tive vontade de me enterrar no colchão.

Matei o velho. Matei o velho fiquei repetindo sem poder despregar os olhos da rosa. Comecei a suar frio. Atirei longe a coberta e saltei da cama. Besteira tudo besteira eu disse pra mim mesma. Anda Leo. Anda e não pense mais nisso porque o velho não morreu coisa nenhuma e a estas horas já está pulando por aí. Decerto quer me matar de ódio mas foi bem feito porque ninguém mandou ser um malvado e encher a cara da gente de bofetão.

Abri a janela e o sol entrou no quarto. O despertador marcava duas horas. Então fiquei animada porque o dia estava uma maravilha e eu estava com uma fome louca. Comi o resto do bolo que Rubi tinha trazido da festa. Vou contar tudo e ela vai dar muita risada pensei enquanto me lavava com o sabonete verde. Não tem problema repeti como o Rogério. Não tem problema. Desta vez a Rubi não vai dizer que meu miolo é mole mas vai até me achar inteligente porque ganhei um vestido sem precisar pagar por ele. Eu estava contente que só vendo. Me pintei com cuidado pra disfarçar a boca inchada e passei a escova no cabelo. A senhora não pode fazer ideia como eu estava contente.

Donana varria a calçada. Que vestido mais bacana ela disse e fui indo e gostando de ver como o sol fazia brilhar minha rosa de vidrilho.

Saí para ver se achava a Rubi e acabei não sei como defronte daquela vitrina. A mesma boneca vestia agora um vestido de seda azul.

Diga se você quer esse vestido perguntou um homem atrás de mim. Quase tive um ataque de susto. É o velho pensei. É o velho que voltou e agora vou apanhar aqui mesmo na rua. Olhei pro vidro da vitrina como da outra vez. Então respirei. Era um moço falando com a namorada que respondeu que o vestido era medonho.

Já que estou aqui mesmo aproveito e peço meu vestido branco que esqueci na cadeira eu pensei. Amaldiçoada essa hora. Minha Nossa Senhora o que é que eu tinha de pedir aquele vestido de volta? Ainda ontem a Rubi me disse que se eu não tivesse aparecido lá nunca ninguém no mundo ia saber que era eu. Ninguém me conhecia. E nem eu mesma ficava sabendo do crime porque não leio jornal. Miolo mole ela berrou encostando o cigarro na parede como se quisesse fazer um furo ali. Por que tinha que voltar lá por quê? O velho gostava de meninas e andava com um monte delas. Nem arrependida você ia ficar nem isso sua tonta. Por que voltou?

Mas foi como se uma coisa tivesse me arrastado e agora eu estava parada na porta e procurando ver lá dentro a vendedora ruiva. Peço meu vestido que esqueci e se ela perguntar pelo velho digo que não sei. Melhor entrar pra pedir meu vestido porque se fujo vai ser pior.

Justo nessa hora tive um pressentimento. Meu cabelo arrepiou. Fuja Leo. Fuja depressa depressa. Pelo amor de Deus fuja agora sem olhar pra trás fuja fuja. Quando dei o primeiro passo pra correr a vendedora ruiva me viu. Ela estava proseando com um homem encostado no balcão. Assim que me viu ficou de boca aberta olhando. Depois me apontou com o dedo.

O homem dobrou o jornal e veio vindo devagar pro meu lado. Fiquei pregada no chão. Ele veio vindo veio vindo com um risinho na boca e com um jeito de quem não está querendo nada. Botou a mão no meu ombro. Belezinha do vestido marrom venha comigo mas bico calado. E me trouxe pra cá.

Missa do Galo
(Variações sobre o Mesmo Tema)

"Chegamos a ficar algum tempo — não posso
dizer quanto — inteiramente calados."
MACHADO DE ASSIS

Encosto a cara na noite e vejo a casa antiga. Os móveis estão arrumados em círculo, favorecendo as conversas amenas, é uma sala de visitas. O canapé, peça maior. O espelho. A mesa redonda com o lampião aceso desenhando uma segunda mesa de luz dentro da outra. Os quadros ingenuamente pretensiosos, não há afetação nos móveis mas os quadros têm aspirações de grandeza nas gravuras imponentes (rainhas?) entre pavões e escravos transbordando até o ouro purpurino das molduras. Volto ao canapé de curvas mansas, os braços abertos sugerindo cabelos desatados. Espreguiçamentos. Mas as almofadas são exemplares, empertigadas no encosto da palhinha gasta. Na almofada menor está bordada uma guirlanda azul.

O mesmo desenho de guirlandas desbotadas no papel sépia de parede. A estante envidraçada, alguns livros e vagos objetos nas prateleiras penumbrosas. Deixo por último o jovem, há um jovem lendo dentro do círculo luminoso, os cotovelos fincados na mesa, a expressão risonha, deve estar num trecho divertido. Um jovem tão nítido. E tão distante, sei que não vou alcançá-lo embora esteja ali ao alcance, exposto sem mistério como o tapete. Ou como a ânfora de porcelana onde anjinhos pintados vão em diáfana fuga de mãos dadas. Também ele me foge, inatingível, ele e os outros. Sem alterar as superfícies tão inocentes como essa noite diante do que vai acontecer. E do que não vai acontecer — precisamente o que não acontece é que me inquieta. E excita, o céu tão claro de estrelas.

Não entendo — o jovem dirá quando lembrar o encontro e a conversa com a senhora que vai aparecer daqui a pouco. Não entende? Quero entender *por que* ele não entende o que me parece transparente mas não estou tão segura assim dessa transparência. E então, o que vai acontecer? Mas não vai acontecer nada, seria o mesmo que esperar por um milagre. Espero enquanto pego aqui uma palavra, um gesto lá adiante — e se com as brasas amortecidas eu conseguir a fogueira? Não esquecer as veiazinhas azuladas na pele branquíssima dessa senhora, foi no instante em que ela apoiou o braço na mesa e a manga do roupão escorregou? Não esquecer o mínimo inseto de verão que atravessou a página do livro que o moço está lendo, um inseto menor ainda do que a letra *Y* na qual entrou para descansar, o jovem vai se lembrar desse pormenor. E do olhar que inesperadamente se concentrou inteiro nele, fechando-o: sentiu-se profundo através desse olhar. Refugiou-se no livro, no inseto. Para encará-la de novo já sem resistência, pronto, aqui estou. Mas não disse nada nessa pausa que ela interrompeu, a iniciativa nunca era dele.

As omissões. Os silêncios tão mais importantes — vertigens de altura nas quais se teria perdido, não fosse ela vir em auxílio, puxando-o pela mão. Se ao menos pudessem ficar falando enquanto — enquanto o quê? Falaram. Tirante os silêncios mais compridos, a conversa até que foi intensa desde a hora em que ela surgiu no fundo do corredor e veio com seu andar enjaulado, o roupão branco. Magra, mas os seios altos como os da deusa da gravura, os cabelos num quase desalinho de travesseiro. Deixou travesseiro e quarto numa disponibilidade sem espartilho, livre o corpo dentro do roupão que arrepanhou sem muito empenho para que a barra não arrastasse, a outra mão fechando a cintura, hum, essas roupas para os interiores.

Ele afasta o livro e tenta disfarçar a emoção com uma cordialidade exagerada, oferece a cadeira, gesticula. Ela chega a tocar em sua mão, Por favor, mais baixo, a mamãe pode acordar! sussurra. Ele abotoa o paletó, ajeita a gravata. Você está em ordem, eu é que vim perturbar, ela adverte com um sorriso cálido que ele não retribui, nem pode, enredado como está naqueles cabelos, massa sombria tão mal arrepanhada como as saias, ameaçando desabar no enovelamento preso por poucos grampos.

Ela dirá que dormia, acordou há pouco e então veio sem muita certeza de encontrá-lo. Mas sabemos que ainda nem se deitou na larga cama com a coberta de crochê, por que mentiu? Para justificar o roupão indiscreto (acordei e vim) ou por delicadeza, por não querer confessar que não consegue dormir se tem um hóspede em vigília na sala? Mas o hóspede não pode saber que ela se preocupou. Essa senhora é só bondade! ele repetirá no dia seguinte, quando as coisas voltarem aos seus lugares. Tudo vai voltar aos lugares quando todos estiverem acordados.

Mas será que agora tem alguém dormindo? A começar pelas mucamas lá no fundo da casa: já estão de camisola e conversam baixinho, a mais nova trançando a carapinha em trancinhas duras, rindo do patrão que devia estar todo contente, montado na concubina, ouviu essa palavra mais de uma vez, acabou aprendendo, *concubina*. Montando nela, o carola!

Teúda e manteúda, acrescentaria a sogra no seu quarto de oratório aceso, o olho aceso sondando escuros, silêncios. Mas quem estaria andando aí? Conceição? Conceição, coitada, uma insônia. A velha suspira. Também, dormir, como?! Justo numa noite assim sagrada o marido cisma de procurar a mulata, é o cúmulo. Um bandalho, esse Menezes. Que procure suas distrações fora do lar, muito natural, ele mesmo já disse que no capacho da porta deixava toda a poeira do mundo, a mulata incluída, lógico. Até aí, nenhuma novidade, os homens são todos iguais, por que o genro ia ser a exceção? Mas isso de não respeitar nem a noite de Natal! Credo. Aguça o ouvido direito, o que escuta melhor: mas onde vai a Conceição assim na ponta dos pés? Evita a tábua do corredor (aquela que range) e foi para a sala. Onde deve estar o mocinho, esperando pelo amigo para irem juntos à missa — e esse mocinho? Banho, Missa do Galo, leituras. Bons hábitos. Mas tem qualquer coisa de sonso, não tem? E Conceição dando corda. Ao menos se fosse o escrevente, vá lá, mas um menino?! Uma senhora com o marido ausente se levantar tarde da noite para ir até a sala de visitas prosear com um mocinho. Imprudência. Também, com esse marido... Casa agitada. Se ao menos pudesse dormir antes de aparecer a dor, artrite mata? Hoje não, meu pai, meu paizinho!

Hoje não, dirá o Menezes à mulher que lhe oferece licor de baunilha, feito pela Madrinha. Está nu, sentado na cama e comendo biscoitos de polvilho que vai tirando da lata, tem paixão por esses biscoitos. Os de Conceição eram mais pesados, ela não tinha mão boa para o forno. Mulher fria de cama não dá boa cozinheira, o avô costumava dizer. Então ficam aquelas tortas indiferentes, sem inspiração. Com Luisinha (Deus a guarde!) foi a mesma coisa, não foi? O sal da vida. Tem pessoas que nascem sem esse sal! — disse ele em voz alta, mas só a última frase. Inclinou-se para beijar a rapariga que lhe oferecia a boca, ela estava apenas com uma leve camisa de cambraia, os cabelos crespos, indóceis, presos na nuca por uma fita. Mas escapavam da fita. Cariciosamente ela começou a tirar os farelos de biscoito enredados nos pelos do peito do homem. Menos barulho, Menezes, repreendeu-o murmurejante. Mastigue de boca fechada senão a Madrinha acorda!

A Madrinha (outra de sono leve) já está acordada com sua asma e seu medo, tem sempre uma velha que finge que dorme enquanto os outros falam baixinho. É fácil dizer, Durma, queridinha. Mas dormir quando o sono é o irmão da morte?! E esse daí que não para de comer. Outro que não vai dar em nada. Se ao menos fosse generoso. Mas um forreta, roque-roque. Bom para o fogo, esse Menezes. Ela que se cuide, que desse mato não sai coelho, não. A gente fecha a janela, tranca a porta e adianta? Mana Marina viveu 104 anos, eu não queria tanto... Morreu dormindo, um perigo dormir. A gente passa o ferrolho e ela entra pelas frestas, pelo vão das telhas feito um sopro. A morte é um sopro, entra até pela fechadura, credo!

Mas foi Conceição que entrou na sala da casa antiga. O andar é lerdo, os pés ligeiramente abertos, num meneio de barco. Ancas fortes. Ombros estreitos. Os seios em liberdade com uma certa arrogância que lembrava os seios das estátuas das gravuras. Toda a fragilidade na cintura, ele adivinha nas reticências do roupão amplo, confuso, tantos panos, pregas. Bonito babado (aquilo não é um babado?) que lhe contorna o pescoço e vai descendo. Curiosas essas roupas de alcova, ele pensa e sorri fascinado. A frouxidão da conversa. Por que durante o dia as conversas não são assim frouxas? Durante o dia Conceição parece tão objetiva, eficiente. E agora essa inconsistência. Efêmera nas frases, ideias. E eterna na essência como a noite.

Tantos anos passados e o jovem que ficou maduro repetiria que não entendeu essa conversa antes da Missa do Galo. Uma conversa sobre banalidades, tecido ocioso com um ou outro ponto mais especial como aquela referência à meninice. Ao casamento. E ao conformismo, era cristã praticante. Seria real seu interesse pelos objetos em redor? Numa das voltas, ela passou a mão no vidro do armário e queixou-se do envelhecimento das coisas, chegou a ter um gesto inconformado, tanta vontade de renovar! Olhou-o mais demoradamente. Ele também se calou pensando no quanto era fino aquele pulso, não o imaginara fino assim. A pele suave. Foi subindo o olhar pelo braço, a ampla manga escorregara até o cotovelo, tinha o braço apoiado na mesa. O queixo apoiado na mão. Quando ela recuou para se sentar no canapé — tão à vontade! — ele viu a ponta da chinela de cetim aparecer na abertura do roupão, uma chinela de cetim preto com bordados, não eram bordados com linha de seda cor-de-rosa? Refolhos, reentrâncias, tão caprichoso esse roupão que mostrava e escondia as chinelas dentro do casulo das saias. Não podia ver mas intuía um certo movimento de pés brincando com as chinelas, parecia cruzar e descruzar as pernas. A Dona Conceição, imagine! Tão apaziguada (ou insignificante?) durante o dia, quase invisível no seu jeito de ir e vir pela casa. E agora ocupando todo o espaço, como um navio, a mulher era um navio. Abriu a boca na contemplação: imponente navio branco, preto e vermelho, os lábios brilhantes, de vez em quando ela os umedece com a ponta da língua. A solução é falar, falar. E ela estimula a prosa quando essa prosa vai desfalecendo — mas havia outra coisa a fazer? Havia, sim. E o jovem ouviu com a maior atenção o episódio do colégio de freiras onde ela estudou.

Nunca ele estivera com uma senhora assim na intimidade. Tinha a mãe. Mas mãe não tem esse olhar que se retrai e de repente avança, agrandado. Para diminuir até aquelas fendas que ele quase não alcança, o que o perturba ainda mais porque é à traição que se sente tomado. Inundado, oh! Deus, o que é que ela está dizendo agora? Ah, sempre gostei de ler, ele responde num tom alto e ela pede, Mais baixo, por favor, mais baixo! Ele encolhe riso e voz: apenas cochicham, próximos e cúmplices, os hálitos de conspiradores tecendo considerações sobre a necessidade de trocar ou não o pano da cadeira. Ou o papel da parede.

O inseto sai de dentro do *Y* e chega com dificuldade até o *A* no alto do livro, uma lupa poderosa revelaria montes e vales na superfície lisa da página. Mas espera, estou me precipitando, vou recomeçar, ainda continuo na rua, bafejando na vidraça da noite antiquíssima. Sinto mais agudo o desejo de entrar na casa e abrir caixas, envelopes, portas! Queria ser exata e só encontro imprecisão, mas sei que tudo deve ser feito assim mesmo, dentro das regras embutidas no jogo. Há um certo perfume (jasmim-do-imperador?) que vem de algum quintal. Está no ar como estão outras coisas — quais? É noite. Objetos Não Identificáveis. Matérias Perecíveis — estava escrito na carroceria metálica do caminhão de transportes que me ultrapassou na estrada, quando? Agora tem o céu apertado de estrelas com os escuros pelo meio — ocos que procuro preencher com minha verdade que já não sei se é verdadeira, há mais pessoas na casa. E fora dela. Cada qual com sua explicação para a noite inexplicável, Matéria Imperecível no Bojo do Tempo.

Entro depressa na sala de visitas, Conceição ainda não chegou. Vou por detrás da cadeira onde o jovem está sentado e me inclino até seu ombro, sei o que está lendo mas quero ver o trecho: mais uma das façanhas dos mosqueteiros em delírio. Pergunto se gostaria de sair galopando com eles. Seu olhar divaga pelo teto. Reage — mas assim tímido? Nem tanto, digo e ele sorri da ideia, agora está se vendo com uma certa ironia: mas o que mais poderia fazer nessa noite senão ouvir e obedecer? Apalermado como esses voluntários de teatro, os ingênuos que se prontificam a ajudar o mágico que manda e desmanda no encantado que não pode mesmo raciocinar em pleno encantamento. Cabia tomar alguma decisão? É ela quem responde com sua presença, acabou de chegar arrastando o roupão e a indolência. Senta, levanta, faz perguntas e assim que vem a resposta já está pensando em outra coisa. É atenta mas instável. Quando fica calada, quando os olhos se reduzem, parece dormir mas está em movimento, as máquinas não param, o navio navega embora transmita ao passageiro aquela quietude de âncora. Um navio com escadas de caracol, porões indevassáveis, caves tão apertadas que nelas não caberia um camundongo.

Uma mariposa entrou de repente, mas por onde? É uma bruxa de asas poeirentas com leve reflexo de prata, ela não tem medo de bruxas, mas de besouros, aqueles besourões pretos, certa vez um se enleou no seu cabelo. E estremece enquanto dá uma volta em torno da mesa. Fala em outra Missa do Galo. Em outras gentes. A voz fica mais leve quando descreve o feitio do vestido do seu primeiro baile, era branco-pérola. Muda de assunto e lembra que poderia botar uma imagem naquele canto da sala (sugestão do Menezes), mas não fica esquisito? Fala no São Sebastião que está em seu oratório e o moço inclina a cabeça, seteado de dúvidas como a imagem do santo, não é estranho? Está mais interessado nela do que no romance e o romance é atraente. Apara ou deixa cair os assuntos que ela vai atirando meio ao acaso, pequenas bolas de papel que amarfanha e joga, nenhum alvo? Enquanto ele fala, ela observa que suas mãos são bem-feitas, não parecem mãos de um provinciano, tão espirituais, será virgem? Dá uma risada e ele ri sem saber por que está rindo — mas por que também eu não consigo me afastar desta sala?

O canto do galo o faz voltar num sobressalto para o relógio, não está na hora da missa? Tranquiliza-se, é cedo ainda. Está corado. Ela empalideceu. Ou já estava pálida quando chegou? Contradições, há momentos em que pressinto nele dissimulação, um jovem se fazendo de tolo diante da mulher provocativa. Com olhos que eram castanhos e de repente ficaram pretos, mais uma singularidade dessa noite: não é que a simpática senhora ficou subitamente belíssima?

Mas não, ele não dissimula, está em êxtase, atordoado com a descoberta, Bruxa, bruxa! quer gritar. A hora é de calar. Aspira seu cheiro noturno. Ela se sacode: por acaso já tinha visto esses calendários com o retrato do Sagrado Coração de Jesus? Cada dia arrancado trazia nas costas um trecho dos Salmos. E pensamentos tão poéticos, receitas. Nas costas do dia 20, aprendeu a fazer os pastéis de Santa Clara, não é curioso isso? Acho que quando era mais moça gostava mais de açúcar.

Um cachorro começa a latir desesperado. Ela anda até a janela, espia e na volta passa a ponta do dedo afetuoso na cabeça da estatueta do menino de suspensório, comendo cerejas. Recua, vai por detrás da cadeira onde está o jovem. Inclina-se. Estende a mão no mesmo gesto que teve diante da estatueta e pega o livro, ah! esses romances tão compridos, prefere os de enredo curto.

E os dois de mãos abanando, Fala mais baixo! ela suplica. E o grande relógio empurrando seus ponteiros: quando os ponteiros se juntarem ambos estarão se separando, ela no quarto, ele na igreja — tão rápido tudo, mais uns minutos e o vizinho virá bater na janela, Hora da missa, vamos? Perdidos um para o outro, nunca mais aquela sala. Aquela noite. Vocês sabem que dentro de alguns minutos será o *nunca mais*?

Faça com que aconteça alguma coisa! — repito e meu coração está pesado diante desses dois indefesos no tempo, expostos como o Menino Jesus com sua camisolinha de presépio, as mãos abertas, também as mãos deles. O cachorro late, enrouquecido, e ela pergunta se ele gostaria de ter um cachorro. Ou um gato, prefere então um gato? E essa loção que ele passou no cabelo? Bem que ela estava sentindo, o nome? Ele não sabe, comprou na Pharmacia de Mangaratiba, nas vésperas da viagem. Pena que o perfume não dure. Falam sobre perfumes como se tivessem toda a noite pela frente. E a eternidade, mas o que é isso? O vizinho chamando? Já?! Deve ser afobação dele, não será cedo ainda? Resiste. Mas de repente ela fica enérgica, está na hora sim, não faça o moço esperar. Ele ainda vacila, olha o relógio, olha a mulher, faz um gesto evasivo na direção da janela, justifica, detesta chegar muito cedo nos lugares. Ela insiste: mesmo saindo imediatamente eles poderão chegar com um ligeiro atraso. Talvez haja no seu tom ou no jeito com que fechou o roupão uma certa impaciência, que se fosse sem demora, não tinha mesmo que ir? Pela última vez ele vislumbrou os bicos acetinados das chinelas. Vai reencontrá-las na igreja, o bordado de fios de seda cor-de-rosa na estola do padre, lembrança luminosa que se mistura ao roupão com seus engomados e rendas (*Miserere nobis!*) cobrindo o altar. Desvia depressa o olhar na lividez do mármore: o mármore está debaixo da renda.

Ele fecha o livro. Ela tranca a porta. Ainda ouve os passos dos dois amigos se afastando rapidamente. Olha em redor. A mariposa sumiu. Quando volta ao quarto, pisa na tábua do corredor, aquela que range. Rangeu, paciência! Agora está desinteressada da mãe e da tábua.

No canapé, a almofadinha das guirlandas um pouco amassada.

Apago o lampião.

Gaby

— A gente tem órgãos demais. E buracos. Os buracos dão trabalho, ao todo oito... ou nove? Enfim, eu queria ser uma alga. Ou então — prosseguiu Gaby e não completou nem a frase nem o gesto. — Uma trabalheira.

O garçom passou o guardanapo no balcão. Ficou olhando para Gaby que tomava devagarinho seu gole de uísque.

— Alga? Já ouvi falar em alga, Gaby. Mas não me lembro.

— Nas aulas de biologia eu podia ver. Divertido.

— Ouvi falar nisso mas não lembro quase nada. Estudei pouco, Gaby. Comecei a trabalhar muito cedo.

— Divertido.

O garçom acompanhou-lhe o olhar e agora não sabia se Gaby estava se referindo ao casal que entrou. Ou àquela tal de bio. Bio o quê? Uma besta, esse daí. Por que não explicava direito as coisas? Esse costume de deixar tudo pela metade. Calmo, tudo bem. Mas aquela fala mole de Marlon Brando, ô! tipo.

— Ei, Fredi! Dois martínis secos — pediu o recém-chegado depois de consultar a companheira. Ela acrescentou: — E amendoins!

Fredi apanhou a garrafa na prateleira de espelhos.

— O movimento anda fraco, com um calor desses isto aqui devia estar cheio — resmungou ele abrindo a geladeira. — Já avisei, a dona tem que instalar o ar-refrigerado.

Gaby voltou o olhar para o teto onde giravam um tanto lerdas as grandes pás do ventilador. "Repousante", murmurou. Bebeu, deixando que a pedrinha de gelo tocasse em sua língua. Devolveu-a para o copo que deixara um círculo d'água no mármore do balcão. Com a ponta do dedo, alargou o círculo tirando dele uma linha ondulada. Podia ser uma flor. Ou uma bactéria, aquelas bacteriazinhas de cabeça redonda e cauda. Enfim, uma maçada. Tudo isso. Ficou olhando para a ponta do dedo. Boa a vida de uma bactéria. Vida elementar. Reduzida. Nenhum relógio. Nem pastas.

— Biologia. A ciência da vida. Foi o que escrevi na prova — disse Gaby seguindo com o olhar desinteressado os movimentos do garçom que agora abria a lata de amendoins. — Tive dois pela presença, minha presença valia dois pontos.

Uma mosca baixou em voo circular e continuou dando voltas ao redor dos copos enfileirados na pia. Fredi afugentou a mosca com o guardanapo. Era um homem pequeno e ágil. Os olhos miúdos e atentos, quando não interrogavam as pessoas em redor pareciam interrogar a si mesmo. O olhar esperto avaliou o homem bonito e pesadão que bebia devagar, debruçado no balcão. Calmo, sem dúvida. Mas isso de ficar bebendo um golinho de hora em hora, como se não tivesse a menor vontade de beber.

— Gaby vem de Gabriel? — lembrou de perguntar.

— Vem. Minha mãe dizia que era um arcanjo.

— Esse meu Fredi vem de Frederico. Prefiro que me chamem de Frederico.

— Comprido demais. Gelo aqui...

Fredi deixou cair a pedra de gelo no uísque aguado. Quando enxugou o balcão com o guardanapo, demorou o olhar nas mãos de Gaby. Os dedos finos, as unhas bem tratadas.

— Você faz regime, Gaby?

— Não.

Fredi pegou um palito e limpou com ele a unha do polegar. Quebrou o palito ao meio e levantou a ponta do esparadrapo que tinha na palma da mão. Espiou o corte.

— Se você trabalhasse de garçom emagrecia de cara cinco quilos. Infelizmente estudei pouco, tenho que curtir este emprego. E mais a dona que cá entre nós — disse Fredi baixando a voz, a mão em concha escondendo a boca: — É a rainha das chatas.

Gaby esboçou um sorriso. Voltou a olhar para a janela. Tirou do bolso os óculos escuros.

— Todas são chatas. As mulheres. Guardar certa distância — disse em meio de um suspiro. — Vai chover. Gosto das chuvas compridas. Dias e dias. A terra alagada. E a gente dentro da Arca, olhando.

"Estou com medo, mãezinha, quero dormir na sua cama!" Ela o enrolava nas cobertas. O perfume da cabeleira desatada. O calor. "Vem, meu Gabyzinho, vem com a mamãe. Se assustou com o raio, foi?" Ele se encolhia. "Choveu na minha cama, não quero minha cama!" Ela fazia-lhe cócegas, "Gaby, seu maroto!". Ele então abafava o riso no travesseiro para não acordar o pai. O barulho da chuva caindo nas telhas. O sono, tão bom dormir. Amanheceu? Já?! "Não aguento de dor de garganta, não quero ir na escola!" Babá puxava-o pela perna: "Deixa de história, menino, anda! Vem se vestir que você já faltou ontem, chega de gazeta!". A voz da mãe vinha velada, que o pai não acordasse na cama ao lado: "O tempo tão ruim, Babá, tanta umidade. Ele pode ficar doente". Resmungos. A porta batendo com mais força. A mãe o cobria de beijos e beliscões. "Seu maroto!... Seu preguiçoso."

— Ih! calor me ataca os nervos, fico atacado — queixou-se Fredi passando a ponta do guardanapo na testa. Renovou o gelo do balde. — Seu uísque virou água, Gaby. Mais uma dose?

— Prefiro assim. Só o cheiro.

— Você já se embriagou alguma vez? Quero dizer, chegou a ficar de porre?

Gaby teve um leve movimento de sobrancelhas. Suavemente foi contornando os lábios com as pontas dos dedos.

— A chuva vem vindo. Eu tinha tanta coisa... Enfim, não tem importância.

— É boa essa vida assim sem horário, quisera eu! Mas você esteve um tempo naquele escritório de imóveis, não esteve?

— Agora estou só pintando. Uma exposição em setembro, outubro... Não sei. Não importa — murmurou Gaby. Suspirou. Por que será que garçom gosta tanto de fazer perguntas? Principalmente esse daí. — Olha a mosca. Voltou.

Fredi fez pontaria e bateu o guardanapo no balcão. A mosca fugiu para o teto.

— É ladina — resmungou ele. Abriu o boião de azeitonas. — Quando a gente se conheceu você disse que ia fazer uma exposição, lembra? Faz uns três anos ou mais.

Gaby ainda passava as pontas dos dedos nos lábios, como se estivessem feridos. O bastardo. Falava como Mariana, igual. Nesse ponto não podia se queixar da velha. A velha sabia quando tinha um artista pela frente.

— Pintar não é preparar martínis. Demora.

Fredi voltou a examinar o corte na palma da mão. Apertou contra o esparadrapo um guardanapo de papel.

— Assim molhado custa a cicatrizar — disse e ofereceu a Gaby o pratinho de azeitonas. Gaby recusou levantando o dedo. Fredi levou as azeitonas ao casal de jovens e limpou o cinzeiro que trouxe da mesa. — Meu irmão, aquele que morreu, já falei nele, lembra? Foi copeiro na casa de um pintor importante, esqueci o nome. Um dia ele pintou meu irmão mas nunca vi esse retrato.

— Não faço retrato. Só natureza-morta.

Paisagens mortas. Pássaros. E peixes, os peixes silenciosos com aqueles olhos velados por uma membrana mais tênue do que fumaça. Quando a velha cochilava ficava com esses olhos. Poderia pintá-la morta. Sem a peruca. Prateada e fria como um peixe. O vago cheiro de peixe. Suspirou e o suspiro foi se estendendo. Que maçada. Essa exposição, ela queria uma exposição. Todos os jecas têm mania de exposição. Até esse garçom bastardo. Tirou o lenço do bolso e passou devagar no vidro verde-escuro dos óculos. Recuou um pouco na banqueta. Enfim, quinze quadros. Coisa pequena, com dez, digamos. E Mariana, a Eficiente. Mania de emprego fixo. Como se pudesse pintar metido até as orelhas num negócio de imóveis. Negócio obsceno. Falação. Otimismo. Gente otimista zanzando com pastas. Aquelas de zíper, enormes, um mundo de papel dentro. Cálculos. Voltar ao tempo do Professor Ramos, a voz de trovão: "Já vi que o senhor não se interessa por nada. Quer fazer o obséquio de me dizer o que vem fazer nas aulas?".

Ver as bactérias, podia ter respondido. Esses bichinhos de cabeça redonda e rabo igual ao seu. Não disse nada. E adiantava? Loucura total entrar na engrenagem. As pessoas faziam perguntas sem parar, imagine se... Ódio de perguntas. Ódio. A querida Mariana falhava nesse ponto. Mania de objetividade. Nitidez. Encostar as pessoas na parede, "Você não me respondeu!". Ora, dane-se. Que importância. Era nisso que a velha levava vantagem. A vacona. Vivia repetindo essa idiotice dos sete véus, o último véu tinha que ficar. Ainda bem. Uma velha sábia, gostava da penumbra por dentro e por fora, poucas luzes nas palavras. Nas rugas. "Adoro o mistério", costumava dizer. Inquisidora, às vezes. Mas, em geral, conformista, "Está bem, amor, entendi". Entendia nada. Enfim, não tinha importância. Mas a Mariana. A Mariana. Que pena. Enfim...

Agora Fredi abria um pacote de batatas fritas. Cheirou.

— Que confiança a gente pode ter nesses produtos? O dia

em que me aparecer qualquer negócio que não seja parecido com este aceito na hora. Se tivesse oportunidade, um convite, lá sei!, topava correndo esse ramo de imóveis. Dá dinheiro, viu?

Gaby ajeitou os óculos que escorregavam. Mexeu com a ponta do dedo o gelo boiando no copo.

— Muito trepidantes. Esses escritórios. Bom trabalhar num lugar quieto. Sem gente em redor. Essa corrida, essa competição que...

— Já sei, nunca vai ter um enfarte.

Coração. Não, não sentia a presença do coração. Nem de qualquer outro órgão: era como se estivesse vazio lá por dentro. Oco. Uma velhice em paz quando viesse. E não se aborrecia não. Com essa ideia de envelhecer. Pelo menos, ninguém mais se preocupa com a gente, um sossego. Sim, seria bom. A querida Mariana por perto, os dois juntos. Preparando o chá. A bolsa de água quente. Podia ser uma companhia tranquila quando ela ficasse mais tranquila. Quando entendesse que um artista é um contemplativo. Um indefinido. Os antigos sabiam disso. Os antigos e os governos socialistas que sustentavam seus artistas a pão de ló. O chato era a tal mania de produção. "E a liberdade?", perguntou Mariana. "Por acaso esses artistas têm liberdade para criar?" Olha aí a pergunta. Ora, liberdade. Faço natureza-morta.

— Preciso comprar tintas. Visitar meu pai... Essa chuva.

— Mas não está chovendo, Gaby.

Espertinho. Não está chovendo, ele disse. Abriu e fechou a mão. Nisso a velha não decepcionava. Nisso de ficar taque-taque. Não fosse. Enfim, tirante também essa parte. A grande vaca. "Faz tempo que a gente não faz um amorzinho, quer ver? A última vez..." Ah, apaga. Cretina. Com essa idade e ainda. Apaga, apaga. "Ando meio travado", respondeu. Quando moça tivera suas veleidades teatrais, era isso. Agora sabia respeitar um artista. "Todo gênio é displicente, amor. Alguém tem que cuidar de você, alguém que te ama!" Concordo, mas então não encha o saco. O ferrãozinho agudo. Sabia ser irônica. "Esse meu amor está me saindo muito caro, nem que fosse um Renoir!" Bastarda. Enfim, chega. Chega. Não engrossar o sangue. A menor importância.

— Escuta. A trovoada. Ia visitar meu pai...

Fredi acompanhou-lhe o movimento do dedo que apontava vagamente o teto. Começou a preparar com energia um coquetel de frutas para a rapariga loura que chegou com o velhote de camisa amarela.

— Ele ainda está naquela pensão? O seu pai. Você disse que era um lugar muito bom. Já contei, Gaby? Pois o meu pai que lia a Bíblia falava muito nos *Pecados Capitais*, tinha a tal Soberba, Avareza, Luxúria... espera, agora vem a Ira e depois vem a Gula, pois é, a Gula e a Inveja e a Preguiça!

— Boa memória, rapaz.

Com um gesto exasperado, o garçom afastou a mosca que voava em espiral sobre o liquidificador.

— Sabe de uma coisa, Gaby? Nunca me dei bem com meu pai. Você se entende com o seu?

— Quando mocinho... Ele queria que eu estudasse, me atormentou muito. Depois cismou, eu tinha que trabalhar aí numa firma. Importação. Café. Tenho nojo de café. Enfim, quis tanta coisa. Sossegou.

— Ele gosta da pensão?

— Acho que sim. Não sei. Uísque, um pouco aqui... Chega. Enfim, a aposentadoria que recebe. Mas essa inflação.

Fredi fez o liquidificador funcionar. Falou alto, as mãos em redor da boca.

— A inflação piorou muito! Se ao menos eu tivesse tirado um diploma, quem tem diploma ainda se salva neste mar.

Gaby recuou na sua banqueta. Tirar diploma. O bastardo falava como a Babá. E daí? O pai *tirara* vários. Cursos mil. E agora lá estava jogado na cama de uma pensão vagabunda. Coisa miserável. Tanta ambição. Tanto sonho. A pensão fedendo a mijo. Bacharel em Ciências Jurídicas e Sociais. O canudo com a fita vermelha comido pelas traças. Tirá-lo de lá um dia. Um dia.

— Banho de imersão. Morno — disse Gaby destapando os ouvidos. Ficou vendo o garçom despejar no copo o líquido denso e rosado. — Um banho assim como... — Não completou nem a frase nem o gesto. — Uma maçada.

— Mas ele melhorou?

— Quem?

— Seu pai.

Brandamente Gaby levou à boca o guardanapo de papel.

— Quente, hein?

Foi amarfanhando o guardanapo. Um ligeiro vinco formou-se entre suas sobrancelhas. Numa cama infecta, bebendo caldos infectos. Cheirando a urina, tudo naquela pensão cheirava. Até a comida. Enfim, agora não havia nada que pudesse. Nada. Além das visitas. E já fazia tempo. Também, de arrasar. "Se hoje não chover, meu Deus. Resolvo e pronto. O problema... roupas. Tenho que levar roupas. Biscoitos." Olhou na direção da janela que o garçom entreabriu. Firmou o olhar na fresta. Tanta nuvem. Tudo preto.

— Nuvens pretas.

— Pretas? — Fredi estranhou. Voltou-se para a janela. Fechou-a quando o vento soprou mais forte. — Com esses seus óculos escuros fica tudo escuro, o tempo não está feio, vá lá ver seu velho. Quantos anos ele tem? — perguntou e não esperou pela resposta, a lourinha tamborilava no copo, estava impaciente. — A senhora deseja?...

Gaby ficou olhando o próprio copo. Respondeu como se do copo tivesse vindo a pergunta.

— Não faço ideia. Envelheceu muito. A doença.

Tanta luta. Em vão. O pai costumava se comparar a um lutador de boxe que não pode nem piscar porque se pisca... E ia morrer completamente sozinho, feito um mendigo. Se pudesse... Enfim, fazer o quê. "Nada a fazer, pai. O dinheiro não é meu, é dela. Da velha. Um filho pode pouco. Muito pouco. Quase nada." Fredi começou a preparar mais um coquetel de frutas. Gaby suspirou, um inferno. O barulho. "Se ao menos a mamãe estivesse junto. Os velhos devem ficar juntos, se amparar. Até o fim. Ele teria reagido, tanta esperança. Tamanha fé. Estariam agora os dois envelhecendo quietos. Um cuidando do outro. Quem sabe ainda lá, na casa vermelha. Mas ela teve que dar o fora. Maçada. A casa vermelha, delícia. A Babá cuidando de tudo. Ela podia estar lá ainda cuidando dos dois com seu avental branco. Uma mucama. Tinha que morrer. As mucamas deviam ser eternas."

— Qual é a doença dele?

— Hum?...

— Do seu pai! O que é que ele tem?

Gaby tapou os ouvidos.

— Não sei.

"Não sei", repetiu num sopro. Olhou a mosca que voltara no seu voo em círculos, ela gostava. Daquele barulho, bastava Fredi ligar a maquininha e zuuuum... Devia ser uma mosca perguntona, zum... zum... Quem tem a resposta? Quem? O pai perguntou tanto e agora. Aquela mania de honestidade, tirar tudo a limpo. Pronto, deu nisso. Se não tivesse atormentado tanto a mamãe. Deu nessa caca, zum-zum... Então ele não sabia? Que se casou com uma irresponsável. Cabeça de borboleta. E o que foi que ele fez com a borboleta e seus perfumes? Tinha que se acomodar. Ora, chifres. E daí? Tinha que bancar o chefe. O digno. Precisava chicoteá-la, sua puta!

— Enfim. Estou pintando um peixe.

— Peixe? — E Fredi tomou o resto do suco rosado que sobrou no grande copo plástico. — Se eu fosse pintor ia pintar mulher nua.

Gaby acendeu o cigarro.

— Este é Abdullah. Sinta. A fumaça...

— Não posso fumar agora. Mas guardo, se a dona me pega vira uma fera. Contrabando?

A mosca caminhava pelo balcão como se tivesse as patinhas untadas de mel. Gaby apoiou o queixo na mão e ficou olhando. Soprou na direção da mosca uma baforada. No silêncio murmurejante do bar, o ruído de um copo quebrado. Ele não se moveu. Curioso, muito curioso. Essa mosca.

— Me faz lembrar uma coisa. Não sei, mas...

— Pois esse tal pintor que pintou meu irmão tinha lá as meninas dele, elas posavam peladas. Meu irmão disse que era uma porrada de meninas lindas, ele comia tudo.

— Não imagina o trabalho. Isso de pintar mulher. Acabam se enrolando na gente...

— E não é bom?

Ora, pintar mulher. E trepar em seguida. Um cansaço. Como se não bastasse a velha. Uma vez por mês não era suficiente? Não, não era. Precisava mais, "Gosto tanto de amar no verão". Também no inverno. E no outono.

— Velho devia morrer.

— Não escutei...

— Nada. Deviam inventar uns robôs.

Fredi tirou da geladeira uma garrafa de cerveja e fez um sinal para o casal de meia-idade que se sentou na mesa mais distante, "Um momentinho!", pediu. Pegou a bandeja com os copos. Quis saber antes de se afastar:

— Robôs? Que robôs?

— Ora, robôs. Bem avantajados para o mulherio. Acabavam os problemas. Psicanálise, depressão. Acabava essa moda. Todo o mulherio exausto. Saciado.

— Há, há — fez o garçom. Quando voltou, abriu outra garrafa. Voltou a limpar a unha do indicador com um palito. — Pois sim! Mulher gosta é de conversar, robô sozinho não resolve nada. Outra noite fui dar corda aí pra uma vagabunda e ficamos os dois de prosa até as cinco da manhã. Ela falava feito um deputado.

— Andam soltas demais. Isso de feminismo. Querem chamar atenção, cansativo. Enfim — murmurou Gaby. E inclinou-se para o copo com a mosca obumbrada voando em redor. — Queria ter uma lupa.

Era a última aula do período da tarde. O Professor Melcíades chegava de bata branca, dava algumas ordens e se enfurnava na salinha dos esqueletos. Ele então se apoderava do aparelho. Chegava a comprar os colegas com cigarros, revistinhas, tudo para poder ficar mais tempo ali sozinho. Debruçado sobre a lupa, observando. Poderia ficar parado horas e horas olhando uma folha de roseira. Ou uma gota d'água. Mas tinha as aulas de matemática. A voz de trovão perguntando quanto é sete vezes oito. Nove vezes seis. Obsceno. Medieval. "Quem é que sabe, imagine. Enfim, passou. Até equações. Horror. Passou. Tudo. E tinha que aparecer a Mariana tão precisa. Solicitante. Ciências exatas. Uma maçada. Mania de cobrança, estava sempre cobrando alguma coisa. Ainda agora mesmo..." Suspirou. Ah, Mariana Mariana. Em algum lugar da cidade lá estava ela aflita, olhando o relógio, paixão por relógio. Esperando que ele chamasse, o olho grudado no telefone, "Você demorou, querido. Onde é que estava?". E a pergunta odienta, "Já conversou com Peter?". Mas quem quer conversar com o Peter. Isso de patrão, emprego. Sim, querida, já falei, estou empregado. Empregado? Alegria. E os planos, ela não perdia tempo, paixão por planos. Casamento. Filhos. Crianças se enrolando em suas pernas, perguntas. Mais perguntas. Lágrimas. Crianças cobrando sorvetes. Histórias, "Você prometeu, pai!". Brinquedos, aqueles de ensurdecer, bang! bang! "Sou o xerife, vai, deita aí! O bandido agora vai dormir, filhinho. Não, não dorme nada! Vai, levanta, corre! Quero o clube, o sol, vai, anda!"

— Meu Deus.

Enfim, já devia estar chovendo, pensou e soprou a última baforada na direção da mosca. Apagou o toco dourado no cinzeiro. Abriu a boca mas não chegou a bocejar. Gostava dela. Muito. Tinha mãos tão bonitas, as mãos mais bonitas do mundo. E o riso. Seria bom ficarem para sempre. Mariana Para Sempre. Podiam envelhecer juntos, a varanda igual à da casa vermelha. Os tijolinhos vermelhos. Babá cuidando de tudo com seu avental. Quietos, só o nhem-nhem da rede.

Mas aquela mania de comandar, era ver um general. Os gestos de líder. Napoleão. Atenta, Que dia é hoje? A resposta de flecha, "20 de março, quinta-feira". Se calhasse, até tipos de eclipses. Um manual de utilidades com todos os lembretes. Endereços. Espartana na outra encarnação, colchão duro. Sem travesseiro.

— Melhor largar as rédeas. Deixar correr. Meu primo quis cortar a correnteza. Morreu.

Ela não acredita em fatalidade. O pai também dizia que quem faz o destino somos nós. Frases, "Somos livres, Gabriel! Livres. Existe é a minha vontade, a minha garra!". Ah, não tem fatalidade? Não tem destino? Jogado numa cama fedendo a mijo. E como lutou. Até esportes. Lutou à beça esse velho. E então. Enfim, no dia em que os homens descobrirem que melhor do que viver é não viver. Melhor do que pintar, deixar a tela em branco. O papel em branco. A perfeição.

— Não pensar, nem isso. Devia ter um botão em algum lugar do corpo. Um botãozinho que a gente aperta e pronto, pensamento desligado. E o resto.

O recém-chegado ruivo vestia um impermeável preto. Tirou o impermeável, dobrou-o. Hesitou entre a mesa e o balcão. Sentou-se na extremidade do balcão. Fredi cumprimentou-o afável.

— O senhor sumiu, doutor. — Pegou na prateleira uma garrafa. — Se não me engano, era esta a sua marca?...

— Esse está bem. Bastante gelo — pediu e acendeu o cachimbo. — Andei viajando.

— Já começou a chover?

— Ainda não. Mas vai chover potes.

Os potes de samambaia na varanda da casa vermelha. Bom ser criança. Ser cuidado. Pensado. A Babá amarrando seu sapato. Trazendo a caneca de gemada na cama. Torradas com manteiga e mel. A velha tinha um pouco da eficiência da Babá. A diferença é que cobrava. E já estava chegando a hora, aquela hora, oh! Deus. Digo que o herpes voltou. Contagioso demais. E dói. Vai estranhar. "Outra vez, amor?" A preferência pelo sábado, hábitos do tempo de doméstica. De bordel. Invento um filme que vai sair de cartaz, pronto. Melhor um concerto que no cinema ela fica falando. No concerto, tem que fechar a matraca, os fanáticos não deixam que ninguém. Enfim. Sempre posso cochilar um pouco. Desligar. Delícia dormir com música, os violinos. Aquele grandão mais grave, aquele, dum-dum-dum... Violoncelo. A maçada eram os aplausos.

Fredi tirou da geladeira uma cestinha de ostras. Deixou a cestinha na pia. Começou a cortar os limões. Voltou-se de repente para Gaby.

— E hoje vou num velório. Um tio velho morreu de gangrena — contou em voz baixa. Examinou o corte na palma da mão. Animou-se quando foi servir o homem ruivo. — Estas vieram hoje cedo, olha só que beleza.

Gaby empurrou com a ponta do dedo o cigarro que deixou consumir na borda do cinzeiro. Pousou a ponta do dedo no rolinho de cinzas.

— Melhor não ver os mortos. Nem os doentes. Guardar deles uma lembrança agradável. Uma certa distância.

O garçom trouxe um guardanapo limpo. Enxugou as mãos.

— Hummm... Acha mesmo isso, Gaby?

— Evito ver meu pai.

— É, pensando bem, você tem razão. Mas o caso é que fico com pena, eles precisam da gente, não precisam? Minha avó está morre-não-morre mas continua esperta feito um alho. Conversa muito, quer todo mundo em redor. Ontem mandou me chamar, gosta de mim que só vendo, quando chego o olhinho dela fica brilhando. Facilita a vida porque mora numa casa com toda a parentada naquele quarteirão.

"Mas ela pode ser sua avó!", disse Mariana. "Minha avó", ele repetiu. Tentou rir. E ela baixando a cabeça, indignada. Estava sempre indignada, motivos mil de indignação. Está certo, mudar de vida. Sem pressa. Sem violência, evitar um rompimento assim brusco, por que ferir a velhota? Podia até se matar, falou nisso. Ameaçou. "Quando você me deixar, quando não me restar mais nada, sei o que vou fazer." A separação tinha que ser sem choques. Discussões. Desnecessário. Isso. Ah, Deus, Deus. "Mudar o que deve ser mudado", era um dos lembretes de Mariana. Lembretes do *Almanaque da Bravura*. Soava como mensagem do discurso de um general. Ou almirante. Almirante Hart. Existiria? Esse Almirante Hart. Enfim, besteira. Uma chatice, ora, coragem de mudar. Coragem de não mudar, existia? Maçada. A velha não atrapalhava. Dedicava-lhe uma ou duas horas por dia. Ouvir suas asneiras. Às vezes, cinema. Fingir que não percebia quando ela trapaceava no jogo, roubava nas cartas mas que importância. E aquele pedaço. O pior. Pior ainda os tais imóveis, os escritórios igualmente repugnantes com os homens de fala eficiente. O telefone. A campainha. Até fazer política Mariana já tinha sugerido, apresentou-lhe um primo. Subversivo, deputado da oposição. Teria que fazer discurso da oposição que nem o outro. Opor-se ao governo, ele, que não se opunha sequer àquela mosca parada no balcão. A trombinha agora metida no pequeno círculo d'água que escorreu do copo. "Quer saber do que se trata. Parecida com a Mariana", sussurrou Gaby e consertou os óculos escuros que escorregavam no nariz. Ora, oposição. Governo era uma ideia extensa à beça. Lutar contra essa coisa assim invisível. E presente feito a massa de ar que não se vê nem se toca mas que pode. Afrouxou o colarinho. Terrível. Isso de se opor. Viver se queimando, a revolta queima. O ideal, lembra? O homem feliz não tinha camisa. E Mariana. Tanta energia. Se fosse homem ia querer jogar futebol. Uma curiosidade, a chama acesa no olho. "Gabriel querido, me diga agora o que você gostaria de fazer realmente. Pintar?"

Perguntava e respondia em seguida, o que era uma sorte. “Mas você não pinta nunca, tanto talento. Um pintor sem quadros. Por que não acaba o que começa?” Também não sabia. Quem é que sabe? Isso. De não acabar o que se começou. Difícil. Gabriel, Gabriel! Ela e o pai, só os dois ainda. E fazia questão de repetir, Ga-bri-el. Com todas as letras. “Gabriel é um nome tão bonito, não gosto de Gaby.” O pai lá longe, discutindo com a mulher-borboleta. “Não quero que esse menino cresça com esse apelido, Gaby é marca de creme. De esmalte de unha.”

A rede com as longas franjas brancas. Deitara a cabeça no colo da mãe e na tarde quieta só ficava o ranger dos ganchos, nhem-nhem. Nhem-nhem. E o pai com aquele passo militar. “Gaby é nome de mulher!” Ela contestava abotoando os lábios de fita escarlate: “Mas é um apelido tão engraçadinho, ele é muito mais Gaby do que Gabriel”. A risadinha de borboleta se borboleta pudesse rir. Ela gostava de perfumes. Sapatos, tinha uma coleção enorme. Os pés pequenos, delicados. Também gostava de brincar de se esconder detrás das portas, “Conte até dez, Gaby, e venha me procurar!...”.

Gostava também de sair. Voltava à noitinha, a cara afogueada. Saía toda alegrinha e voltava aflita, “Seu pai já chegou? Hoje me atrasei, o trânsito!”. Ela se atrasava muito. “Quero ir com você”, pedia ele sem nenhuma convicção. Ela escancarava os olhos azuis, “Gabyzinho querido, mamãe vai ao dentista. Fique aí bem bonzinho, quando eu voltar a gente brinca”.

Os tufos de rendas e fitas na moldura do espelho cor-de-rosa. Através desse espelho ela parecia mais rosada, fina como as porcelanas da mesa de toalete. Prendia frouxamente na nuca os longos cabelos claros num rolo que parecia que ia se desfazer. Não se desfazia. Pintava a boca. Pintava os olhos. Ele olhando meio desatento a pequenina mão indo e vindo com a escovinha de rímel nos cílios recurvos como os cílios das bonecas. Falava sem mover nenhum músculo para não borrar as pálpebras: "Tenho milhares de coisas... hoje não... Depois a gente brinca... fique bonzinho".

Ele ficava. Bonzinho. Tantas vezes ficou bonzinho, fingindo estudar com o livro aberto na mesma página. Sempre na mesma página. Um vazio manso. Flutuava em pensamento pela casa que ainda guardava o perfume dela. Bonzinho até aquela noite.

— Que calor — disse Gaby. Enxugou a gota de suor que lhe descia morna pelo lábio. Cheirou o lenço. Olhou o teto onde as pás do ventilador pareciam exauridas. — É a chuva.

Fredi enfiou a gorjeta no bolsinho do colete. Atirou coisas na lata de lixo debaixo da pia. Lavou as mãos.

— Verão bravo. Este colete esquenta demais, minha camisa está molhada mas a dona quer assim, colete preto e este avental até o pé, diz que é chique. Na França é desse jeitinho. Mas lá faz frio não faz?

— Às vezes. — Falava agora num sussurro: — Anoiteceu e não fiz nem a metade. Enfim, com a chuva em suspenso.

No lugar do homem ruivo estava agora um tipo gorducho, risonho. Apalpou os bolsos. Tranquilizou-se, voltou a sorrir e fez um gesto na direção de Fredi:

— Outra loura estupidamente gelada. E pipocas, tem pipocas?

— Pipoca não, tem azeitona, amendoim, batatinha... — Voltou-se para Gaby: — E justo hoje esqueci o guarda-chuva.

Durante algum tempo Gaby guardou na boca o gole de uísque, à espera de que ele amornasse.

— Todos que tive perdi. E eram bonitos...

O garçom despejou amendoins no pratinho.

— Tem ostras frescas? — lembrou-se de perguntar o gordo da cerveja.

— Fresquíssimas. Meia dúzia? — E Fredi voltou a falar

baixo enquanto abria a geladeira. — Mas por que você foi vender o seu carro? Beleza de carro, Gaby. Um Alfa como aquele está uma fortuna, viu?

— Horrível guiar. Cuidar da máquina. Máquina é muito solicitante. Tem táxi.

— Táxi? A coisa mais difícil do mundo! Ontem quase perdi o jogo, precisei implorar carona lá pro rapaz que passou com a bandeira do Corinthians. Se soubesse, nem ia, um vexame.

— Saio pouco.

— Esse meu guarda-chuva é de um tipo que esteve aqui uma vez, viu? Esqueceu o guarda-chuva e não apareceu mais. Falou muito em ginástica, acho que era professor de ginástica.

— Que horror.

O garçom trouxe as ostras abertas no prato. A maior delas se contraiu na sua concha quando ele pingou limão.

— Ainda estava viva, olha só...

Mal alcançou o prato e o olhar de Gaby também se recolheu. Ginástica. Serviço militar. As ordens veementes, quilômetros de marcha. Ainda bem que tinha o pé chato.

— Enfim.

— Tenho nojo disso, olha aí, esta também se mexeu — cochichou Fredi cortando outro limão. — Mas parecia estrangeiro. O tal cara do guarda-chuva devia ser americano. Tem as iniciais no cabo, *J. W.*

— John William.

— Você conhece ele?

— Joseph White. Johnny Walker — disse Gaby vagando o olhar pelas prateleiras. — Preciso ir.

Abriu as mãos em torno do copo. O olhar errante passou com indiferença pelas unhas. Mariana desprezava o apelido. A mesma reação do pai. "Seu nome é tão poético! Gabriel, nome de um arcanjo." Comprida demais a história desse arcanjo, tinha lhe contado mais de uma vez. A querida Mariana. Esperando agora mesmo pelo telefonema. A tarde toda esperando, "Gabriel, meu amor, você esqueceu?". Só se fosse falar no telefone da esquina para o garçom bastardo ali não ouvir. "Gosto de você, Mariana. Amor? Vá lá, amor, acho que te amo. Mas não me peça nada. Nem me faça perguntas, fique apenas com isso. Enfim..."

— A chuva.

— Mas ainda não choveu, Gaby. E pelo visto nem vai chover mais, está vendo? O vento empurrou a chuva. À noite é até capaz de dar estrela.

A mosca voltou a pousar no balcão, esfregando as patas dianteiras uma na outra. Gaby suspirou. "Eu lavo as mãos..." Enxugou as pontas dos dedos no lenço.

— Se eu tivesse dinheiro para fazer...

— E não tem?

Gaby foi se voltando devagar para a janela. Eram assim roxas as flores da trepadeira que se enroscavam nas colunas de tijolinhos vermelhos. Flores de nuvens. Logo seriam chuva. Depois, nada.

— Para fazer o que quero — começou ele afastando a mosca com um gesto fragmentado, como se o movimento se desenvolvesse em câmara lenta. — Afundar numa daquelas ilhas. Mares do Sul.

— Mas por que tão longe? Estamos rodeados de praias maravilhosas, dou já uma meia dúzia delas.

— Aqui acabam achando a gente.

Um saxofone tocado na vizinhança começou uma frase musical. Desafinou. Recomeçou mais forte. Num sopro, Gaby cantarolou junto:

— *Night and day...*

Pela terceira vez o saxofone insistiu. Interrompeu na mesma nota. Os lábios de Gaby se moveram e não saiu som algum.

— Telefone para o senhor! — avisou o garçom tapando o bocal com a mão. — Voz de mulher. Quer que eu pergunte?

Gaby encolheu-se no banco. Tocou com as pontas dos dedos os óculos escuros. "Meu Deus." Baixou a cabeça.

— Pergunto o nome?

— Mulher? Espera... Não pergunte nada. Diga que acabei de sair.

Mariana. Por que tinha que ficar assim? Pressionando. Exigindo. Naturalmente queria saber. Aquela história de emprego, horário. Patrão. "Mas todo mundo tem patrão, Gabriel. Você não pode escapar!" Acendeu um cigarro. Os pequenos discursos. Argumentos. Insistindo, a única forma de se livrar da velha era ter um trabalho. Ficar independente. "Liberte-se, Gabriel!" Mas se ninguém era livre. Ninguém. Se fosse trabalhar no tal escritório não ficaria debaixo de uma dúzia de patas? Faça isso. Faça aquilo. Pelo menos a velha não exigia tempo integral. A vida inteira recebera de homens. Natural que agora sentisse prazer em pagar um. Comprar seu gozo. "Gozo meio vagabundo, bastante laborioso." Teve vontade de rir. Enfim, tanto presente, o carro. A conta aberta no alfaiate. Não fazia mais roupa porque essa história de provar. Chatice, o homem ficava horas espetando os alfinetinhos. Mania de perfeição, parecido com a Mariana. Cerrou os olhos. Os presentes. Abotoaduras de ouro, o relógio. Afogado num mar de presentes, cansativo ter que ficar agradecendo, agradecendo. Jamais Mariana poderia entender. Uma esposa exemplar. Mas cobrando alto por tamanha exemplaridade. Quem dá muito, exige mais ainda.

— Acho que a voz era daquela sua amiga que telefona às vezes — lembrou Fredi espiando de novo o corte na mão. Alisou o esparadrapo. — Não é Mariana o nome dela?

"Ah, o esperto." E Gaby sentiu a gota de suor escorrer-lhe até o queixo. Apertou o lenço contra o queixo num movimento de mata-borrão absorvendo a tinta. O bastardo. Querendo informações que um dia, quem sabe, poderia passar à velha.

— Não sei. Não interessa.

— Elas devem endoidar por sua causa, tivesse eu a sua cara.

— Uma maçada.

"Gabyzinho, quero que você seja o menino mais lindo da festa, anime-se e venha experimentar a roupa!" Também a mãe, fixação com roupa. Boa parte da infância experimentando aquelas roupinhas. Sapatinhos. E banho. Um pouco que se distraísse e já estava debaixo de uma ducha com a Babá fiscalizando, "Agora a orelha, depressa! Com sabão, menino!". O cerco infantil. Depois o outro, oh, meu Deus. A prima Míldrede completamente histérica, "Juro que me mato se você não for comigo ao baile, vai ser meu par, Gaby? Responda, vai dançar comigo? Esta e todas as noites da minha vida!". Como um visgo, colando, envolvendo. E aquela estudante de olhos rasgados, como se chamava? Aquela. Enfim, não tem importância. As narinas trementes, ela tremendo inteira: "Mas por que você não quer, por quê? Já disse, preciso me libertar da virgindade e escolhi você, sou uma esteta! Como no poema, *do meu ventre nasceriam deuses*! Por que não entende isso?". Entendia. E o bando de casadas. Divorciadas, nenhum pudor? Nenhum. Cabras. "Ora, me esquece", pediu à Ivone. Essa então queria um filho. E a velha cerrando as pálpebras pintadas de azul-emurchecido: "Conheci um monte de homens mas nenhum tão belo. Você parece um postal italiano que vi uma vez, tinha um moço nu, divino. Aquele cabelo todo encaracolado, que nem o seu. E o pipiu tão delicado, um pássaro. Queria te dar essa estátua".

Afrouxou o colarinho. Até homens. Até aquele grego de unhas pontudas, "Você tem físico para teatro, filho. Venha à minha casa tomar umas aulas". Roupas, estátuas, virgindades, empregos — uma atormentação. Por que as pessoas estavam sempre querendo dar alguma coisa? Soprou a brasa do cigarro queimando na borda do cinzeiro. Mariana. A única mulher que não lhe falava nessa história de beleza. Só uma vez se referiu de leve à sua aparência mas para lembrar que ele faria carreira fácil nos tais escritórios de publicidade, representações e outras coisas igualmente desprezíveis. A querida Mariana. Se ao menos fosse muda. E analfabeta para não começar com bilhetinhos, viveria então com os bolsos transbordando de bilhetinhos como os homens das pastas transbordando de papéis.

— Tenho nojo de papel.

— Que papel?

Gaby fez um movimento de ombros. A face lisa se imobilizou.

— Queria ser invisível.

— Perigoso, Gaby. A gente pegava a mulher da gente com outro logo na primeira noite, já pensou?

— Chatíssimo. Isso de virgem. Estive com uma.

— Foi?

— Trabalheira danada. Bobagem.

Felizmente algumas ainda tinham seus princípios. Tímidas. Não ficavam caçando homens feito doidas. Ainda bem que Mariana. Uma exceção. Antes, tudo oficializado em cartório e etecetera. Por causa dos filhos, dizia. Filhos. Graciosos nos calendários, Babá tinha paixão por esses calendários. Crianças gentis com seus cestinhos de frutas. Seus cachorros peludos. Até anjos da guarda. Em cada mês o calendário trazia a gravura com um infante. Mariana ia querer uma meia dúzia. Relógio despertador com campainha dupla. O bando de filhos. Inútil o despertador, muito antes eles já entrariam esgoelando pelo quarto adentro, paiiiiiiiii!...

Encolheu as pernas. Já acabou faz tempo. Ou está acabando. Casamento, família, toda essa embrulhada. Está acabando. O pai escaveirado e barbudo, abandonado naquela pensão. Morrendo. Sem forças sequer para ir ao banheiro no fundo do corredor.

“Gabriel! Vá buscar seu boletim, menino! Rápido, mexa essas pernas.” Ele deu alguns passos. Parou. O boletim. O pai queria o boletim. “O boletim?”, perguntou voltando-se para a Babá que arrumava a mesa para o jantar. O homem impacientou-se: “Estou falando grego, menino? Faz meses que não vejo suas notas, vamos, o boletim". Ele escondeu as mãos nos bolsos. "Está com a mamãe", disse. E esperou a ordem que viria em seguida. "Pois vá buscar com sua mãe, anda." Ele ergueu a face para o pai. "Mas ela saiu. Ainda não voltou." O homem tirou os óculos. Dobrou o jornal. Olhou o relógio na parede, um antigo relógio com pêndulo em forma de lira. Dirigiu-se à Babá: "Você sabe onde ela foi, Babá?". A preta deixou cair um copo. Respondeu catando os cacos: "Sei não". Ele se aproximou do pai. Ouviu a própria voz vir vindo desgarrada do corpo, só voz: "Tinha aquele moço do carro vermelho esperando na esquina, ela foi no carro dele".

A sopa também vermelha. Caldo de tomate. Jantou sozinho. O pai sem apetite. Babá soprando o caldo fumegante e fungando: "Por que você foi dizer aquilo, menino?! Que sua mãe saiu com o moço, por quê? Língua comprida!". Ele molhou no caldo o miolo de pão que ficou vermelho também. Da cor do *R* que o Professor Jônatas riscou na margem direita do boletim. Que continuou dentro da sua pasta escolar, ninguém mais pediu para vê-lo. Nas férias, achou-o por acaso, ainda sem a assinatura do pai, mãe ou responsável. Rasgou-o. Foi transferido de colégio, já era repetente duas vezes.

Através dos óculos esverdeados, Gaby viu no espelho sua face da cor do mesmo vidro das garrafas. A mosca desceu do teto e pousou no punho da sua camisa.

— É a mesma. Ainda esfrega as mãos.

— Esse bicho me irrita. Vou buscar o vaporizador...

— Não, deixa. Já estou saindo, quem sabe um cinema.

— Vi ontem uma fita italiana — disse Fredi fazendo cair uma cereja no cálice. — A artista mata o amante mas se arrepende e começa então a aporrinhar o marido que acaba liquidando com ela. Uma coisa, viu?

— Drama. Não gosto.

— Vi também uma fita japonesa aqui pertinho.

— Gritam demais. Cinema é descanso — murmurou

Gaby mordiscando a cereja que o garçom lhe ofereceu espetada num palito. — Então a mulher matou o amante...

— Matou. Ele deu o fora e ela passou fogo nele, tum-tum!

A velha não teria coragem. Tanto homem já tinha chegado e desaparecido em seguida. Acostumou. Quem sabe ia ser compreensiva, "Já estou velha mesmo, amor. Isto tinha que acabar, seja feliz com Mariana, vocês são jovens. É a lei da vida".

Às vezes ela falava nessa lei. Mas e o testamento? Nenhum parente vivo, ninguém. Casas, terrenos. Sem falar nas joias. Acabaria deixando tudo para o Estado, a cabra. A não ser que morresse agora. Já. A maçada era o corpo. Uma enormidade, o que fazer com o corpo? Corpo de vítima cresce. E pesa. Poderia enrolar o corpanzil num tapete, feito Cleópatra. Oitenta quilos de quilômetros nos ombros. Enfim.

— Vou ver uma fita por aí. Sem drama.

O segundo relâmpago foi mais demorado. Gaby ficou olhando a rua através do vidro da janela do quarto. Agora a chuva podia cair. E ia ser violenta, com a fúria de quem se reprimiu demais. O dia estava perdido. Mariana estava perdida. Tirou a carta do bolso do pijama. Releu o pedaço, aquele: *Vou-me embora, Gabriel. E para sempre. Você foge de mim e eu queria apenas me despedir. Fica me pedindo paciência. Diz que não quer que ela sofra com a separação, poderia se matar. Mas foi nosso amor que morreu.*

Vagou pelo apartamento num andar desamparado. Rasgar a carta em pedacinhos miúdos? Amassar até ficar uma bola que se joga da janela? Complicado. Mais simples acender um fósforo e ali na pia. Ficou olhando a chama avançar azul-laranja sobre as palavras. Crispadas, não gostaram do fogo. Pronto, cinzas. Abriu a torneira. Quando voltou à sala ficou olhando a pequena corça da tapeçaria. Na penumbra a corça estaria mais defendida da matilha de cães. Apagou a luz do abajur maior e o cão de língua de fora, farejando por perto, quase se diluiu na sombra. Se a corça pudesse se amoitar naquele bosquete ali adiante. Mas tinha o rastro, só o homem consegue fugir desfazendo as pegadas. Baixou o olhar para os próprios pés metidos nos chinelos. Voltou-se para a tapeçaria. Morar num bosque. Vidão. Mas com conforto, empregados experientes, tudo fácil. Mas tinha os insetos, milhares de insetos se revezando dia e noite, igual ou pior do que gente entrando, invadindo. Fechou o chambre no peito. Colocou os óculos escuros. Deixou que a lágrima já morna lhe escorresse pelo queixo. Não mais envelheceriam juntos. Mariana e ele. Não mais as crianças do calendário, o mais velho com seu nome, não Gaby, Gabriel. Restara-lhe só o pai e ela, mais ninguém. Mas o pai ia morrer e ela era como se tivesse.

Foi até a bandeja de frutas, apanhou uma maçã. Ficaria com a velha cada vez mais velha. Os jogos estavam feitos, era mais bonito dizer em latim, *Alea jacta est.* Não os jogos, os dados. Uma fatalidade, sussurrou apoiando-se na parede. Cansaço. Enfim, que Mariana fosse feliz onde quer que estivesse com seus olhos límpidos. As mãos. Deteve o olhar no relógio verde-profundo através das lentes verdes dos óculos. O tempo verde. Amadureceria um dia, pensou e sorriu porque achou um pensamento bonito, esse. Tinha esses pensamentos quando a velha estava longe. No cinema. Duas horas livres pela frente, uma paz. Sozinho no apartamento. Sozinho no mundo. Não tinha a velha nem Mariana nem o pai. E os tais escritórios de imóveis. Etecetera. Não existia nada. Ninguém esperava por ele. O vento o abandonara ali, simples grão de pó sem perguntas a fazer. O chato era querer fazer alguma coisa e ninguém. Suspirou. Um barulho... Franziu a testa: e se ela desistisse do cinema e voltasse. Não, não a tempestade. Melhor ficar no cinema, se calhar, continuar lá mesmo até a próxima sessão. *Night and day...*

Sentou-se na poltrona defronte do cavalete. Estirou as pernas. E colocou a maçã no pires. Apertou os olhos. Refazer o pires meio torto. Mas por que aquele pires? Bobagem, melhor só a maçã no fundo branco. Apenas uma maçã solitária — não tinha uma música com esse nome? Suspirou. Que sede. Um copo d'água mas não gelada. Mania de brasileiro servir água gelada, a água tem que vir natural, o gelo excita. Agride. Em cada canto do apartamento, uma moringa, era só estender a mão. Teve um olhar comprido na direção da copa. Voltou-se para o cigarro esquecido na borda do cinzeiro. Melhor do que fumar era ver a fumaça. As espirais se desfazendo num cansaço de despedida. Nenhuma explicação. Nenhuma palavra. A pobre Mariana. Uma carta exaltada, as lágrimas borrando os adeuses. Enfim, não tinha importância. Todas as coisas. Inclinou-se para o cigarro mas não tocou nele. Que é que tinham todas as coisas? Aspirou a fumaça. Na história da lâmpada maravilhosa a solução era o gênio de argolas. Podia pedir tudo, bebidas, iguarias finas, a mãe gostava de falar em *iguarias finas*.

Graciosa, sim. Mas distraída. "Hoje me atrasei tanto, seu pai já chegou?" Já. Todo mundo já tinha chegado. Ela tirou os sapatos, passou o pente no cabelo desatado. Consertou um pouco o batom escapando da boca escarlate. Então a Babá entrou aflita puxou-a pelo braço. "Escuta, ele está soltando fogo pelo nariz, o Gaby contou tudo!" Ela ficou olhando para os próprios pés descalços. Começou a esfregar as solas dos pés no tapete. "Mas contou o quê?" Babá se esforçando para falar baixo, estava excitada demais: "Sabe como esse menino é impossível, viu a senhora no automóvel e contou direitinho, o doutor já anda daquele jeito. Meus céus!". Ela começou uma carícia triste na cabeça de Gaby. "Não foi por mal, hein, Gabyzinho? Vamos, nenê, vai com a Babá que preciso falar com o papai." O primeiro grito. Sufocado. Em seguida, os soluços. E de repente o grito imenso, espirrando sangue como a leitoa que o Tio Raul matara no Natal, os guinchos. E a faca entrando lá no fundo, entrando e saindo outra vez sem conseguir acertar no coração, "Sua puta! Puta!".

Gaby tapou os ouvidos. Um raio estalando lívido. Ódio de raio. E aquele caíra ali pertinho. Passou a mão na testa lustrosa. Mas então o tal gênio da lâmpada... Pediria um copo d'água, antes de mais nada, um copo d'água. E lhe entregaria o pincel. "Agora retoque essa maçã." E depois pediria a esse gênio que acabasse todos aqueles quadros começados. Mas caprichando, lógico, um gênio desses deve pintar bem à beça. Mais uma dúzia de quadros geniais e pronto, a exposição estaria garantida. Então, sem querer abusar, pediria que o transportasse a uma ilha dos Mares do Sul. Taiti. Como no cinema, céu. Mar. A música diluída. Comida frugal, roupa frugal. Crescer a barba, delícia. Longe da velha, do alfaiate, do telefone. Nenhuma carta. Longe da querida Mariana e que neste instante mesmo devia estar lá planejando a reconciliação, com mulher nunca se sabe. Ah, se pudesse fazê-la entender. Que não tinha ambições. Nem sonhos. Cansara de lhe repetir, "Não ambiciono nada, querida, nem dinheiro, nem poder, nem glória. Nada". O homem devia estar flanando ainda pelo Jardim do Paraíso. Vidão. Não fosse aquela curiosidade obscena. Mania de conhecer tudo. Provar tudo. Agora era a corrida dos planetas, tamanha aflição. A Terra não era suficiente? Não, não era. Descobrir outros mundos. Outras gentes. Se calhar, guerras interplanetárias. Dureza de castigo, *Ganharás o pão com o suor do teu rosto*. Ainda bem que comia pouco. "Sou capaz de passar o dia com uma maçã", pensou ensaiando abrir a boca para o bocejo. Fechou-a. Olhou a porta. E aquele ruído suspeito? O estalido mais forte na fechadura. Estremeceu. "Já?!"

— Ah, que bom voltar para casa, amor! — disse a mulher fazendo rodar a saia do farfalhante vestido de verão. — Lá fora está um forno!

Ele inclinou-se para o cavalete. Examinou os pelos ressequidos do pincel mais próximo.

— E o cinema?

Ela tirou o espelho da bolsa. Eriçou os anéis da peruca ruiva.

— Voltei da porta, uma fila! Não tive coragem de esperar tanto. E depois, me deu uma saudade — queixou-se abraçando-o por detrás: — Então, pintando sua maçãzinha?

Com um movimento suave, ele se desvencilhou. Desviou o rosto.

— Que perfume é esse?

— O de sempre, amor. Não está gostando?

— Tão forte.

Ela cheirou o dorso da mão. Aproximou-se da tela num andar menos saltitante.

— E o peixe? Você não vai acabar aquele peixe?

— Mudei de ideia.

— Gosto mais do peixe. E esse pires aí? Não está meio torto?

— Não pinto pires redondos, você sabe.

Novamente ela se examinou no espelho. Abotoou os lábios. Acendeu um cigarro.

— Desconfio que você não ficou muito contente de me ver de volta.

— Contentíssimo.

— Seu hipócrita... Mas espera, vou buscar uns cajus lindos que comprei antes de sair, você poderia pintar um prato de cajus, não é uma ideia?

Ele fez um gesto evasivo. Olhou na direção da janela. "Meu Deus. E nem chove..." O cinema cheio. Tinha que voltar imediatamente. E ainda com ideias. Abriu a boca para respirar. E o perfume, mania de perfumes, trazia malas de perfumes das viagens. "Tenho ódio de viajar", precisava ficar lhe repetindo até a náusea. Convencê-la a ir só, "Vai, querida, você gosta tanto. E compre tudo o que tiver vontade mas venha de navio". As longas viagens. Estava na hora, não estava? Perucas, tecidos. Gostava de sedas transparentes, uma odalisca. E tinha paixão por romance tipo folhetim, com árabes fogosos trepando em cavalos e mulheres com tal entusiasmo. Areias escaldantes, beijos escaldantes. Já estava na hora de orientá-la para leituras mais espirituais.

— Olha só que bonitos.

Ora, cajus. Fruta complicada. O caroço retorcido lá no alto. Um Corcunda de Notre-Dame. Só faltava trazer carambolas.

— Seu cabelo está tão comprido — disse ela vindo sentar-se no braço da poltrona onde ele estava. Beijou-lhe a nuca: — Já dá para enrolar uns bóbis aqui...

Ele se retraiu. Sentia que os beijos foram ficando mais gulosos. Mudou de poltrona. Ela que não inventasse, que hoje não era dia.

— Estou exausto.

— Exausto por quê?

— Lá sei. Calor.

Ela deu uma risadinha.

— Sabe como fazem no inferno com preguiçosos iguais a você? Botam vespas em redor deles, noite e dia enxames de vespas dando ferroadas, zunindo...

— Faça zummmm, querida.

Sacudindo os braços num movimento de asas, ela ameaçou se abater sobre Gaby. Dessa vez ele não riu.

— O cinema deve estar um horror — disse ela desabotoando a blusa de gaze. Abanou-se com uma revista. — Só de ficar na fila meus pés incharam.

Através da meia transparente ele podia ver-lhe os dedos gorduchos, de unhas pintadas de vermelho. As veias grossas concentravam-se nos tornozelos e dali partiam em feixes que se ramificavam pelas pernas acima, formando uma espessa rede lilás.

— Uma floresta.

— Floresta?

— Pensei em pintar uma.

Ela acariciou meio desalentada os cabelos do homem que se imobilizara na poltrona de veludo.

— Ah, amor. Uma pena isso de você não terminar nunca o que começou, aquele peixe estava ficando tão bom! Não gosto de quadro com bicho morto, me dá depressão, mas do peixe eu estava gostando. E ficou pela metade. Também não vai acabar aquela porteira?

— Não precisa.

— Mas assim, que exposição vai sair?

— Não vai sair.

— Mas amor — começou ela num tom prudente. Tirou os brincos: — Ao menos uma! O artista precisa mostrar o que faz, precisa do público, do aplauso. Quando eu trabalhava no teatro ficava na maior felicidade se a casa enchia!

— Não sou exibicionista. E se não se importa, esse assunto, entende? — Vagou o olhar dolorido pela tapeçaria. — Você não está com sede, querida? Uma sede.

— Vou buscar um refresco. Ou prefere cerveja?

— Cerveja.

Maravilhoso se em seguida ela fosse jogar sua paciência. Ou telefonar. Ou morrer. Tinha um ácido que dissolvia os corpos, o Professor Melcíades falara nisso. Devia ferver, sair uma fumacinha e pronto, o torresminho podia caber numa caixa de fósforo. Mas tinha os vizinhos atentos, teria que explicar. E explicar o rombo na banheira, o ácido corrói tudo. Um rombo enorme. Explicar. Entraria na máquina das explicações. Passagem só de ida.

— Pronto, geladinha, amor. Já tomei meu gole, queria virar a garrafa mas comecei meu regime — gemeu ela. Recostou-se languidamente no divã. — Quero ficar um faquir.

Gaby esperou que a espuma se apaziguasse. Faquir. Melhor que continuasse obesa, o gordo-magro perde o humor. Fica nervoso.

— Você está ótima.

Ela ajeitou-lhe a almofada nas costas, "Seu hipocritazinho!...". E lembrou de perguntar pela fita que ele assistira na véspera, "Você não me falou nada, e o enredo?".

— Não tem.

— Como não tem?

— Tipo revista. Cantoria. Dança.

Taiti. Areia morna, amaciada pela espuma. A vida em estado natural. Mínima.

— Só gosto de fita de enredo com bastante recheio, aquelas fitas gordas, sabe como é, amor?

Deixaria crescer a barba. Uma nativa para servi-lo, a

mais submissa. E sem a menor ideia na cabeça. Apanhou o pincel. “Oh, Deus.”

— Você estava há pouco com um ar tão feliz, amor. Em que estava pensando? — perguntou ela. Encheu-lhe de novo o copo. — Gaby, Gaby, se você soubesse! Tenho às vezes tanto ciúme, tanto medo, sabe o que é medo? Medo de que arranje outra por aí, uma que seja... que seja mais... Em que você estava pensando agora? Responda!

— Em nada.

Ela foi introduzindo a mão sob a gola do pijama até chegar ao peito do homem. Acariciou-lhe os mamilos. Adoçou a voz.

— Mas de repente me vem tamanha confiança! E fico pensando que você precisa de mim, que não seria feliz com alguém da sua idade porque tenho experiência, você precisa de mim, não precisa?

— Muito — sussurrou ele. Fechou a gola do pijama. — Senti um calafrio.

— Calafrio?

— Estou péssimo.

— Que é que você tem?

— Também não sei. Gripe.

— Você tem tido tanta gripe, amor. Quer se deitar um pouco?

Ele vacilou. Deitar. Perigoso.

— A minha querida podia ir jogar sua paciência. Vou adiantando isso. Pena é o pincel.

— Não quero baralho hoje.

— Leia um pouco. Tem revistas.

— Não se preocupe comigo, amor — pediu ela. Sentou-se empertigada. Calçou os sapatos. — Eu devia ter entrado no cinema. Se voltei foi por causa da espera mas não era minha intenção atrapalhar. Pensei que você nem estivesse em casa, não disse que ia visitar seu pai? Por que não foi?

— A tempestade.

— Mas não vai cair tão cedo nenhuma tempestade, só ameaçou.

Ele espremeu o tubo de tinta. Cabra.

— Podia piorar se saísse, devo estar com febre.

— Quer o termômetro?

— Não.

Alguém martelava no apartamento vizinho mas as marteladas soavam como se a parede fosse de algodão.

— Coitado do seu pai. Vai morrer logo, Gaby, você sabe disso — começou ela enrolando e desenrolando no dedo o longo colar de contas verdes. — Faz tempo que você não vai lá. Eu podia ir mas ele fica infeliz na minha presença, não sabe onde enfiar a cara...

— Ele detesta que o vejam nesse estado.

— Mas você é filho!

Vinga-se, a cabrona. Jovens e velhas, umas gralhas, taque-taque. Taque-taque. Mariana era igual. Ou ia ficar.

— Meu velho é orgulhoso. Se a gente insiste em querer ajudar, vai se ofender. Sempre teve tudo, posição, dinheiro. Não quer esmolas, vê se entende.

— Mas quem está falando em esmolas, Gaby? Eu estava só pensando que ele ficaria tão contente apenas com sua visita.

Brandamente ele foi enxugando na gola do pijama o suor que lhe descia pelo pescoço. E pensar que por causa dessa cretina chegara a renunciar... Apertou a boca. "Eu te amo, Mariana. Não me abandone."

— Não discuto esse assunto.

— Mas não falei por mal — choramingou ela enrolando o colar na mão. Levantou a cabeça. A peruca deslocou-se. — Na verdade, é problema seu, não tenho nada com isso.

Ele encarou a mulher.

— Faço a visita amanhã. E levo a notícia.

— Que notícia?

— Vou trabalhar num escritório. De imóveis. É de um meu amigo, firma inglesa. Capital grande.

— Que amigo é esse?

— Você não conhece. De infância. Começo na próxima semana. Quero ganhar muito.

— Mas você nunca me falou nesse escritório, amor. Existe mesmo?

Ele espremeu mais o tubo de tinta. Antes, arrancaria a peruca, a dentadura, os cílios postiços. Tirar todos os parafusos e jogá-la na banheira. Ficaria o rombo, paciência.

— Pensei que não te faltasse nada, Gaby.

— Não disse isso.

O choro começou baixinho. Foi crescendo.

Crescendo. Mais forte que a voz do pai. "Mas assim ele ainda vai matar a pobrezinha!", gritou a Babá correndo para a sala. Quando se viu sozinho no quarto, ele entrou no guarda-roupa e tapou os ouvidos. Acordou na cama. A casa silenciosa. Escura. Correu ao quarto da mãe: encontrou o pai de olho aberto, fumando. Ainda estava vestido. Correu ao quarto da Babá, sacudiu-a, "E a mamãezinha?". A preta esticou o beiço. "Mamãezinha, não é, seu bestinha? Foi embora, está na casa da sua avó." Agarrou-se a ela: "E não vai voltar, Babá?". A empregada preparou um copo de água com açúcar. Deu-lhe uns goles. Tomou o resto. "Apanhou de chicote, a coitada. Mas não chora, não, ninguém tem culpa."

Gaby molhou o lábio na espuma da cerveja. "Ninguém tem culpa." Afastou o copo. Mania de fidelidade. Honra. O pai devia saber que mulheres assim agitadas não podem mesmo ser fiéis. Enfim. Ela desaparecera. Completamente. Milhares de pessoas desaparecem por ano. Por dia.

— Por favor, querida, para de chorar.

Ela se ajoelhou. Tomou-lhe os pés nas mãos:

— Mas estão congelados, amor! Um gelo. Quer um chá bem quente? Um licor?

— Licor.

Apertou contra o peito os pés do homem. Beijou-os. Chorava e ria.

— Meu amor, meu amor, me perdoa! Vai me perdoar, vai?

— Não há o que perdoar.

— Mas você não está zangado?

— Que ideia. Vamos, levanta. Chega.

Ela correu para o espelho:

— Borrei a cara inteira, olha onde meu cílio foi parar, veja!

— Uma palhacinha.

Rindo ainda, ela passou o lenço na face manchada de azul e negro. Voltou até Gaby, beijou-lhe os pés e deu uma corridinha para servir o licor. Franziu as sobrancelhas feitas com um traço já apagado de lápis.

— E nunca mais me fale em trabalhar nesses escritórios! Você é um artista, amor. Um artista. Perder seu tempo precioso com essa gente? Eu não me perdoaria. Temos mais do que o suficiente, muito mais do que você imagina. Imóvel valorizou que só vendo. Tudo nosso! Vamos, prometa que não vai mais falar nisso, se não prometer não dou o licor — ameaçou recuando com o cálice. Levou as mãos para as costas: — Então adivinha em que mão está, adivinha!

Ele fechou os olhos.

— Direita.

Deu-lhe o licor tentando uma mesura de pajem medieval. Calçou-lhe os chinelos.

— E sabe que você deve mesmo estar com febre? Meu Deus, vou te botar já na cama. Vem amor, vem. Faço um chá bem quente, comprei um chá inglês, aquela marca que você gosta.

Febre? Abriu a boca. Extraordinário. Pois não é que estava realmente? Aqueles bichinhos, as bactérias. Travando enérgicas uma batalha cerrada em seu sangue. Era por isso que. Passou a mão na testa. Um campo de batalha. Como resistir? "Sejam bem-vindas, minhas bacteriazinhas, não vou lutar. Fiquem à vontade."

A trégua. Nem precisava mais chover, o céu podia continuar blefando. "Estou doente." Por motivo de força maior não respondera a Mariana. Não terminaria a maçã. Não visitaria o pai. Tudo parado. Imóvel. Ponto morto. Assim que sarasse. Principalmente não dramatizar, enfim. Até que era uma pensão acolhedora com os cachorros no quintal. Galinhas. Ia morrer logo, era natural. Com aquela idade. Estava mais do que na hora, coitado. Então. Pelo menos na pensãozinha tinha gente experiente nesses assuntos, pessoas que. Tantas formalidades antes da pá de terra cobrir o corpo. Uma papelada. Vida difícil. Morte difícil. Levá-lo para onde, assim doente? Hospital? Loucura. Para o apartamento? Loucura maior ainda. O caixão nem caberia no elevador, morto de apartamento fica enorme. E esses elevadores de anão. Teriam que levá-lo pela escada. Nove andares.

Ficou ouvindo a água escorrendo da torneira. O chá. A cama. Estendeu o braço e apanhou a maçã que estava no pires. Mordeu-a. Era perfumada mas tinha um certo sabor de palha. Deixou-a. Uma mosca veio pousar na maçã mordida. Parecida com a outra. "Priminhas", sussurrou inclinando a cabeça para trás numa expressão de beatitude.

A Estrutura da Bolha de Sabão

Era o que ele estudava. "A estrutura, quer dizer, a estrutura", ele repetia e abria a mão branquíssima ao esboçar o gesto redondo. Eu ficava olhando seu gesto impreciso porque uma bolha de sabão é mesmo imprecisa, nem sólida nem líquida, nem realidade nem sonho. Película e oco. "A estrutura da bolha de sabão, compreende?" Não compreendia. Não tinha importância. Importante era o quintal da minha meninice com seus verdes canudos de mamoeiro, quando cortava os mais tenros, que sopravam as bolas maiores, mais perfeitas. Uma de cada vez. Amor calculado, porque na afobação o sopro desencadeava o processo e um delírio de cachos escorriam pelo canudo e vinham rebentar na minha boca, a espuma descendo pelo queixo. Molhando o peito. Então eu jogava longe canudo e caneca. Para recomeçar no dia seguinte, sim, as bolas de sabão. Mas e a estrutura? "A estrutura", ele insistia. E seu gesto delgado de envolvimento e fuga parecia tocar mas guardava distância, cuidado, cuidadinho, ô! a paciência. A paixão.

No escuro eu sentia essa paixão contornando sutilíssima meu corpo. Estou me espiritualizando, eu disse e ele riu fazendo fremir os dedos-asas, a mão distendida imitando libélula na superfície da água mas sem se comprometer com o fundo, divagações à flor da pele, ô! amor de ritual sem sangue. Sem grito. Amor de transparências e membranas, condenado à ruptura.

Ainda fechei a janela para retê-la, mas com sua superfície que refletia tudo ela avançou cega contra o vidro. Milhares de olhos e não enxergava. Deixou um círculo de espuma. Foi simplesmente isso, pensei quando ele tomou a mulher pelo braço e perguntou: "Vocês já se conheciam?". Sabia muito bem que nunca tínhamos nos visto mas gostava dessas frases acolchoando situações, pessoas. Estávamos num bar e seus olhos de egípcia se retraíam apertados. A fumaça, pensei. Aumentavam e diminuíam até que se reduziram a dois riscos de lápis-lazúli e assim ficaram. A boca polpuda também se apertou, mesquinha. Tem boca à toa, pensei. Artificiosamente sensual, à toa. Mas como é que um homem como ele, um físico que estudava a estrutura das bolhas, podia amar uma mulher assim? Mistérios, eu disse e ele sorriu, nos divertíamos em dizer fragmentos de ideias, peças soltas de um jogo que jogávamos meio ao acaso, sem encaixe.

Convidaram-me e sentei, os joelhos de ambos encostados nos meus, a mesa pequena enfeixando copos e hálitos. Me refugiei nos cubos de gelo amontoados no fundo do copo, cheguei a sugerir, ele podia estudar a estrutura do gelo, não era mais fácil? Mas ela queria fazer perguntas. Uma antiga amizade? Uma antiga amizade. Fomos colegas? Não, nos conhecemos numa praia, onde? Por aí, numa praia. Ah. Aos poucos o ciúme foi tomando forma e transbordando espesso como um licor azul-verde, do tom da pintura dos seus olhos. Escorreu pelas nossas roupas, empapou a toalha da mesa, pingou gota a gota. Usava um perfume adocicado. Veio a dor de cabeça: "Estou com dor de cabeça", repetiu não sei quantas vezes. Uma dor fulgurante que começava na nuca e se irradiava até a testa, na altura das sobrancelhas. Empurrou o copo de uísque. "Fulgurante." Empurrou para trás a cadeira e antes que empurrasse a mesa ele pediu a conta. Noutra ocasião a gente poderia se ver, de acordo? Sim, noutra ocasião, é evidente. Na rua, ele pensou em me beijar de leve, como sempre, mas ficou desamparado e eu o tranquilizei, Está bem, querido, está tudo bem, já entendi. Tomo um táxi, vá depressa! Quando me voltei, dobravam a esquina. Que palavras estariam dizendo enquanto dobravam a esquina? Fingi me interessar pela valise de plástico de xadrez vermelho, estava diante de uma vitrina de valises. Me vi pálida no vidro. Mas como era possível. Choro em casa, resolvi. Em casa telefonei a um amigo, fomos jantar e ele concluiu que o meu cientista estava felicíssimo.

Felicíssimo, repeti quando no dia seguinte cedo ele telefonou para explicar. Cortei a explicação com o *felicíssimo* e lá do outro lado da linha senti-o rir como uma bolha de sabão seria capaz de rir. A única coisa inquietante era aquele ciúme. Mudei logo de assunto com o licoroso pressentimento de que ela ouvia na extensão, era mulher de ficar ouvindo na extensão. Enveredei para as amenidades, oh, o teatro. A poesia. Então ela desligou.

O segundo encontro foi numa exposição de pintura. No começo aquela cordialidade. A boca pródiga. Ele me puxou para ver um quadro de que tinha gostado muito. Não ficamos distantes dela nem cinco minutos. Quando voltamos, os olhos já estavam reduzidos aos dois riscos. Passou a mão na nuca. Furtivamente acariciou a testa. Despedi-me antes da dor fulgurante. Vai virar sinusite, pensei. A sinusite do ciúme, bom nome para um quadro ou ensaio.

"Ele está doente, sabia? Aquele cara que estuda bolhas, não é seu amigo?" Em redor, a massa fervilhante de gente. Música. Calor. Quem é que está doente? perguntei. Sabia perfeitamente que se tratava dele mas precisei perguntar de novo, é preciso perguntar uma, duas vezes para ouvir a mesma resposta, que aquele cara, aquele que estuda essa frescura da bolha, não era meu amigo? Pois estava muito doente, quem contou foi a própria mulher, bonita, sem dúvida, mas um pouco grosseira. Fora casada com um industrial meio fascista que veio para cá com passaporte falso. Até a Interpol já estava avisada, durante a guerra se associou com um tipo que se dizia conde italiano mas não passava de um contrabandista. Estendi a mão e agarrei seu braço porque a ramificação da conversa se alastrava pelas veredas, mal podia vislumbrar o desdobramento da raiz varando por entre pernas, sapatos, croquetes pisados, palitos, fugia pela escada na descida vertiginosa até a porta da rua, Espera! eu disse. Espera. Mas o que é que ele tem? Esse meu amigo. A bandeja de uísque oscilou perigosamente acima do nível das nossas cabeças. Os copos tilintaram na inclinação para a direita, para a esquerda, deslizando num só bloco na dança de um convés na tempestade. O que ele tinha? O homem bebeu metade do copo antes de responder, não sabia os detalhes e nem se interessara em saber, afinal, a única coisa gozada era um cara estudar a estrutura da bolha, mas que ideia! Tirei-lhe o copo e bebi devagar o resto do uísque com o cubo de gelo colado ao meu lábio, queimando. Não ele, meu Deus. Não ele, repeti. Embora grave, curiosamente minha voz varou todas as camadas do meu peito até tocar no fundo onde as pontas todas acabam por dar, que nome tinha? Esse fundo, perguntei e fiquei sorrindo para o homem e seu espanto. Expliquei-lhe que era o jogo que eu costumava jogar com ele, com esse meu amigo, o físico. O informante riu. "Juro que nunca pensei que fosse encontrar no mundo um cara que estudasse um troço desses", resmungou, voltando-se rápido para apanhar mais dois copos na bandeja, ô! tão longe ia a bandeja e tudo o mais, fazia quanto tempo? "Me diga uma coisa, vocês não viveram juntos?", lembrou-se o homem de perguntar. Peguei no ar o copo borrifando na tormenta. Estava nua na praia. Mais ou menos, respondi.

Mais ou menos, eu disse ao motorista que perguntou se eu sabia onde ficava essa rua. Tinha pensado em pedir notícias por telefone mas a extensão me travou. E agora ela abria a porta, bem-humorada. Contente de me ver? A mim?! Elogiou minha bolsa. Meu penteado despenteado. Nenhum sinal da sinusite. Mas daqui a pouco vai começar. Fulgurante.

"Foi mesmo um grande susto", ela disse. "Mas passou, ele está ótimo ou quase", acrescentou levantando a voz. Do quarto ele poderia ouvir se quisesse. Não perguntei nada.

A casa. Aparentemente, não mudara, mas reparando melhor, tinha menos livros. Mais cheiros, flores de perfume ativo na jarra, óleos perfumados nos móveis. E seu próprio perfume. Objetos frívolos — os múltiplos — substituindo em profusão os únicos, aqueles que ficavam obscuros nas antigas prateleiras da estante. Examinei-a enquanto me mostrava um tapete que tecera nos dias em que ele ficou no hospital. E a fulgurante? Os olhos continuavam bem abertos, a boca descontraída. Ainda não.

"Você poderia ter se levantado, hein, meu amor? Mas anda muito mimado", disse ela quando entramos no quarto. E começou a contar muito satisfeita a história de um ladrão que entrara pelo porão da casa ao lado, "A casa da mãezinha", acrescentou afagando os pés dele debaixo da manta de lã. Acordaram no meio da noite com o ladrão aos berros, pedindo socorro com a mão na ratoeira, tinha ratos no porão e na véspera a mãezinha armara uma enorme ratoeira para pegar o rei de todos, lembra, amor?

O amor estava de chambre verde, recostado na cama cheia de almofadas. As mãos branquíssimas descansando entrelaçadas na altura do peito. Ao lado, um livro aberto e cujo título deixei para ler depois e não fiquei sabendo. Ele mostrou interesse pelo caso do ladrão mas estava distante do ladrão, de mim e dela. De quando em quando me olhava interrogativo, sugerindo lembranças mas eu sabia que era por delicadeza, sempre foi delicadíssimo. Atento e desligado. Onde? Onde estaria com seu chambre largo demais? Era devido àquelas dobras todas que fiquei com a impressão de que emagrecera? Duas vezes empalideceu, ficou quase lívido.

Comecei a sentir falta de alguma coisa, era do cigarro? Acendi um e ainda a sensação aflitiva de que alguma coisa faltava, mas o que estava errado ali? Na hora da pílula lilás ela foi buscar o copo d'água e então ele me olhou lá do seu mundo de estruturas. Bolhas. Por um momento relaxei completamente, "Jogar?". Rimos um para o outro.

"Engole, amor, engole", pediu ela segurando-lhe a cabeça. E voltou-se para mim: "Preciso ir aqui na casa da mãezinha e minha empregada está fora, você não se importa em ficar mais um pouco? Não demoro muito, a casa é ao lado", acrescentou. Ofereceu-me uísque, não queria mesmo? Se quisesse, estava tudo na copa, uísque, gelo, ficasse à vontade. O telefone tocando será que eu podia?...

Saiu e fechou a porta. Fechou-nos. Então descobri o que estava faltando, ô! Deus. Agora eu sabia que ele ia morrer.

Sobre Lygia Fagundes Telles e Este Livro

"A ficção curta de Lygia Fagundes Telles tem certo toque clássico. No entanto, um classicismo moderno. [...] Algúem já comparou a literatura a um jardim cheio de sapos — de verdade. No jardim selvagem de Lygia, ela procura sondar o insondável coração humano. E sai chamuscada, e sai ferida, e sai triste — esta nossa Lygia Fagundes Telles de muitas histórias tão aliciantes quanto perigosas.

Uma prosa ágil, elástica, impressionista, que convoca o leitor a participar do ponto de vista do narrador. Muitos efeitos pictóricos, muitos desdobramentos emocionais. E tantas (dezenas, dezenas) histórias admiráveis que Katherine Mansfield assinaria sem pestanejar."

HÉLIO PÓLVORA

"Esses oitos contos, de curta ou maior dimensão, apresentam entre si uma unidade perfeita. Têm idades diferentes, é certo. Contudo, em todos pulsa com idêntica intensidade o fluxo patológico do real e do irreal — fluxo que imprime às ficções da escritora uma instigante pungência, com seu grão de acaso, de loucura e de imprevisto.

Com naturalidade fascinante, Lygia Fagundes Telles exibe sua capacidade extraordinária de mudar de pele — o *changer de peau* que tanto impressionou a crítica francesa. Agora é uma adolescente da preconceituosa burguesia em plena Segunda Guerra. Passa em seguida para a pele do homem de sobretudo e chapéu, a conduzir seu amigo e testemunha pela cidade até atirá-lo tranquilamente nas águas do rio. Chega a vez da jovem abraçada a um gato, travando com a mãe o diálogo perverso no qual há uma frase decisiva, que marca uma sociedade aparentemente liberal: 'Mas ele não é inocente, mãezinha. Ele é preto'.

Mudam as personagens, mudam as situações e sempre numa linguagem de extrema flexibilidade. E misterioso fascínio. O humor leve. A ironia que pode ser feroz nessa pesquisadora de almas que vai fundo.

Um régio presente é esta coletânea de contos que revelam uma época cuja perplexidade poucos escritores souberam transpor com igual lucidez. E inconstestável arte."

NOGUEIRA MOUTINHO

A decomposição do cotidiano em contos de Lygia Fagundes Telles

POSFÁCIO / ALFREDO BOSI

Dizer que estes contos de Lygia Fagundes Telles nos dão a anatomia do cotidiano é dizer pouco. As palavras, os gestos e o silêncio ameaçador que tantas vezes os rodeiam não só desenham partes e junturas da desolação de cada dia: vão além, decompõem os mecanismos implacáveis que não cessam de operar dentro do sujeito e da sociedade que nele se introjetou. É um realismo cru, cruel, cruento.

Sempre me impressionou o terrível senso de pura imanência que atravessa os contos de Lygia Fagundes Telles. Não há saídas nem para o círculo do sujeito fechado em si mesmo nem para o inferno das relações entre os indivíduos. Tudo está submetido à lei da gravidade. Tudo tem peso, já caiu ou está prestes a cair. Natureza, História, Deus... cifras de alguma forma de transcendência habitam fora e longe do cotidiano dessas personagens sem horizontes para os quais possam dirigir o olhar: um olhar ferozmente centrado nos limites da própria impotência.

A tentação imediata que ronda o crítico que pretende, como dizem vertentes pós-modernas, *desconstruir* a narrativa de Lygia é fazer, em primeiro lugar, uma leitura psicanalítica. Rejeição uterina, identificação com o pai mal-amado, perversão assumida, ódio entre mãe e filha, solidão desesperada de ambas, vingança: eis a fenomenologia que salta à vista da leitura de "A Medalha". A leitura sociológica não deixará de colher algum traço da sociedade tradicional paulista em declínio, flagrada, por exemplo, nas alusões aos preconceitos raciais da mãe, ambiguamente partilhados pela filha.

Tudo depende da intencionalidade do olhar do leitor. Pode-se ficar na descrição interna das motivações de cada personagem. Pode-se prestar mais atenção a certas marcas da sociedade local. Pode-se imergir no pensamento da condição humana. Estímulos para qualquer dessas reações interpretativas não faltam quando nos defrontamos com uma escrita aparentemente linear, mas na verdade complexa e densa como a destes contos de *A Estrutura da Bolha de Sabão.*

Como entender, por exemplo, em "A Testemunha", o significado do crime de Miguel planejando, talvez em um átimo que o leitor ignora, a morte por afogamento do amigo Rolf, conhecedor único mas evasivo de seus acessos de loucura? Um ato gratuito como o concebeu Albert Camus nas páginas inesquecíveis de *O Estrangeiro*? Mas acaso e gratuidade são categorias da filosofia da existência que permeou a literatura entre os anos 1930 e 1950. A rota traçada pelas ciências humanas, particularmente pela psicologia e pela sociologia, não dispensa a busca de determinações, logo, de motivos, evitando asseptičamente as ideias mesmas de gratuidade e acaso. O crime de Miguel associa-se, desse modo, a seu passado recente e ao súbito desejo de eliminar a única testemunha de seu ato de loucura. Mas esse passado vive para nós na sombra do não dito; é lacunoso, para dizer o mínimo: a narradora nos dá a epifania de uma situação, um momento cuja unidade está no desejo frustrado de Miguel de conhecer a si mesmo, segredo que o *outro* detém e não quer comunicá-lo, mas que poderá, um dia, entregar a outrem. Dessa frustração e desse medo nasce o crime. Até mesmo a transcendência do diálogo é negada junto a todas as suas outras formas. O inesperado do desfecho passa a ser regido pela mesma lógica da imanência da mônada sem janelas do indivíduo moderno. Círculo, de novo, sem brechas. "As águas se abriram e se fecharam sobre o grito afogado, se engasgando."

"O Espartilho", quase novela pela extensão do texto, reabre um dos veios fecundos da obra da narradora: a evocação da infância em um registro em que se combinam o próximo e o distante. Daí resulta a ácida memória de um tempo de engano. A imagem presente no título abeira-se da alegoria. O espartilho usado pela avó-rainha (lugar e voz da memória familiar) arrocha todas as figuras fixadas no velho álbum de retratos que as traças já se puseram a roer. A menina, que os via encantada, desperta de repente da ilusão de ordem perfeita e virtudes excelsas criada pela avó e desce ao inferno da verdade que lhe revela Margarida, a agregada mestiça.

A narrativa é longa porque o processo de desmascaramento, embora tenha irrompido em alguns minutos, vai atingindo aos poucos cada um daqueles seres, pecadores ou vítimas de aparência impoluta, estátuas de si mesmas a posar para a posteridade como acontecia nas fotografias de outrora. Tudo o que o espartilho recalcara com seu poder de compressão e repressão tem que ser liberado, posto às claras e dolorosamente interiorizado pela menina crescida na estufa da mentira. A certa altura, a verdade transpõe os muros do casarão paulista dos Rodrigues: a revelação de que a mãe era judia se faz nos anos de ascensão de Hitler, cujo antissemitismo é abertamente partilhado pela avó. Ao preto já tão desprezado somava-se agora a aversão ao judeu potenciada pelo nazismo triunfante. O conto transborda da crônica familiar e toca, ainda que só de raspão, o limiar da História. Estamos no momento de entrada do Brasil na guerra e as notícias de alarma invadem os chás de caridade promovidos pela velha senhora. De um lado, os preconceitos renitentes afloram na simpatia pelo *Führer*. De outro, o peso da revelação acabrunha Ana Luísa, mas, ao mesmo tempo, a impele para assumir corajosamente a marca da diferença. "E eu teria que sair imediatamente da sala mostrando a todos que assumira o Ferensen da minha mãe [*reduzido na lápide a um simples F.*], sairia pisando duro e batendo a porta atrás de mim, me orgulho de ser judia!" O que vem depois regride ao subsolo da vida privada: a perda da virgindade, a solerte cumplicidade da avó financiando a deserção do primeiro amante, a amargura que se seguiu à primeira tentativa de liberação, será tudo um declive rápido que antecede a hora da solidão final. A avó, mesmo sufocada pela dor no peito, não deixou que lhe tirassem o espartilho. O que seria do resto de sua vida sem a rigidez daquelas barbatanas protetoras? O diálogo entre as duas mulheres continuaria a girar em falso.

"A Fuga", posto no meio do livro realista, pode parecer uma brilhante exceção. Rafael, o mocinho vexado que foge do estigma da enfermidade, acabará reconhecendo, no último momento, o próprio corpo velado em caixão no meio da sala de sua casa. Surrealismo? Talvez, mas inteiramente pré-formado e curtido por uma notação miúda, sofridamente miúda, do cotidiano do protagonista. Rafael, preso em sua concha placentária pelos pais, perdido de amores pela bela e desfrutável Bruna, quer *viver,* como ele enfaticamente brada para si mesmo nas suas truncadas sortidas da casa paterna. Mas esse desejo de liberdade é contrastado pela própria situação de doente incurável e pelo medo de parecer fragilizado ao olhar do outro que pode desprezá-lo mesmo quando afeta protegê-lo. Eu diria que Lygia, aqui tomada de piedade por sua criatura, não quis arrastar pateticamente seu calvário neste mundo e deu-lhe, o mais rapidamente que pôde, um fim suprarreal, que, afinal, o salvaria de novas humilhações: "Inesperadamente, como se o puxassem pelos cabelos, ele debruçou-se sobre o caixão e se encontrou lá dentro". Um fecho inusitado em que se misturam compaixão e amarga lucidez.

Compaixão e amarga lucidez também permeiam as páginas de "A Confissão de Leontina". São páginas atípicas em termos de foco narrativo. Quem conta sua história não é mais uma menina de família rica sufocada pelos preconceitos de seu meio e sedenta de desrecalcar-se a qualquer preço. Nem o rapazinho superprotegido igualmente ansioso por evadir-se do círculo familiar. Na autobiografia de Leontina, a escritora se afasta do mundo grã-fino paulista em decadência, que, visto pelo avesso ou de baixo para cima, é o cenário comum a tantas de suas histórias.

Leontina já fora chamada, pela crônica policial do *bas-fond*, de ladrona e assassina e, o que mais a revoltou, de messalina da boca do lixo. A sua confissão feita no cárcere é um roteiro pungente da marginalidade urbana, no caso ainda mais degradada por ser mulher e prostituta a narradora da própria vida. Leontina é migrante. Veio de Olhos d'Água, órfã de pai e mãe, em busca, como tantas outras, de um lugar ao sol na cidade grande. A rememoração de sua vida na roça no tempo em que a mãe lavava roupa para a gente da vila traça um quadro vivo da extrema pobreza rural, mas, comparando com a abjeção de São Paulo, "nossa casa vivia caindo aos pedaços mas bem que era quentinha e alegre". Não devo resumir em ralas paráfrases o que Leontina nos vai contando. É preciso que o leitor se detenha em cada passagem e, se puder, contenha as lágrimas, coisa que nem sempre pude fazer. Lygia Fagundes Telles lavrou o tento difícil de inventar-transcrever a fala de uma migrante semianalfabeta postando-se rente à sua linguagem sem cair no risco fácil da caricatura e do estereótipo. Que Leontina misture expressões espontâneas com lugares-comuns populares ou extraídos da cultura de massa não deve causar estranheza: é o que acontece quando se tenta fazer história oral a partir de depoimentos de homens e mulheres iletrados. O que vale é aquele mínimo de coerência moral, que se vai constituindo ao longo do relato dando-lhe notável dose de verossimilhança.

"A Confissão de Leontina" é a contraparte narrativa, aliás precoce, do intenso trabalho de colheita e análise de histórias de vida obtidas em meios pobres, e que já conta uma bela tradição em nossos estudos de psicologia social. Em sintonia com a nova historiografia e a nova antropologia voltada para os vencidos, excluídos e deserdados (embora sem nenhum vínculo com essas tendências acadêmicas), esta ficção de Lygia Fagundes Telles traz a voz do povo ao âmbito da obra literária. Assim a vinham fertilizando, cada um à sua maneira, outros grandes narradores urbanos, como Dalton Trevisan e João Antônio. A boa literatura, ao aprofundar situações e experiências individuais, precede muitas vezes o discurso conceitual, que, por sua vez, se enriquece voltando às fontes vivas da narrativa realista. O quadro geral então se ilumina e confere uma dimensão existencial ao que se detivera no plano cognitivo.

Quando li pela primeira vez "A Estrutura da Bolha de Sabão", que dá o nome a esta seleção de contos, o estruturalismo estava em plena voga, especialmente no campo da análise literária. Era um esforço para detectar e recortar elementos invariantes em um todo coeso, fortemente travado. Lévi-Strauss, o notável antropólogo, juntamente com o não menos notável linguista Roman Jakobson, dera status teórico a essa vertente que alcançou o zênite entre as décadas de 1960 e 1970. *Estrutura* era então palavra-chave no discurso universitário, termo sem o qual parecia que nenhum texto poderia aspirar ao galardão de científico. As modas prestigiadas conferem a certas palavras uma aura que atrai e ofusca a mente dos intelectuais, em geral repetidores e fetichistas do mercado cultural. Mas o que faz o conto de Lygia? Vai direto à obsessão da personagem: "Era o que ele estudava. 'A estrutura, quer dizer, a estrutura', ele repetia e abria a mão branquíssima ao esboçar o gesto redondo". No caso, a estrutura não se aplicava a algum objeto sólido, feito de partes mecanicamente encaixáveis, com arquitraves e pilares sintagmáticos inabaláveis. Era apenas a estrutura da bolha de sabão. A ideia parecia esdrúxula à narradora, ex-namorada, que, imergindo na memória da infância, só conseguia ver bolhas de ar irisadas, nem sólidas, nem sequer líquidas, película e oco, que o sopro nos canudinhos de mamona produzia e num átimo viravam espuma e sumiam no ar. Quando muito, deixavam uma sensação de úmido na pele da menina. "Mas e a estrutura? 'A estrutura', ele insistia."

O moço era um físico que estudava a estrutura das bolhas de sabão. A história que daí se segue começa desenhando um triângulo amoroso perigosamente infeliz: a narradora, o cientista e sua nova namorada mordida de ciúmes já no primeiro encontro. Um ciúme vitrioloso e letal, que pingava gota a gota. De todos os contos de Lygia (e mesmo pensando em "A Fuga"), este é o que resvala mais celeremente para o desfecho sem retorno. O nosso estudioso das estruturas cai doente, gravemente doente, e a narradora vai visitá-lo na casa em que vivia com a amante ciumenta. Que a recebe com afetada amabilidade e, pouco depois, a deixa a sós com o enfermo, a quem ministra solicitamente uma pílula de cor lilás. "Saiu e fechou a porta. Fechou-nos. Então descobri o que estava faltando, ô! Deus. Agora eu sabia que ele ia morrer."

Uma vida breve que se esvaiu como bolha de sabão. Ele era delicadíssimo, atento e desligado. Mas acreditava na existência real, física, das estruturas onde quer que pousasse o seu olhar de cientista. Desta vez não é a ciência que desmonta as ilusões da ficção e despreza os caprichos da fantasia poética; é o contrário que aconte-

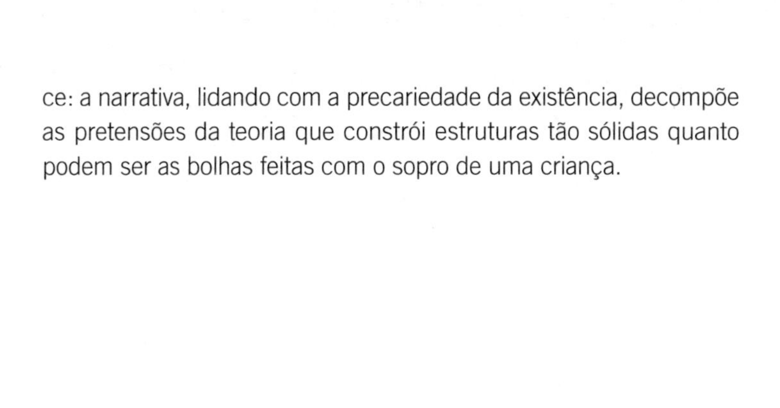

ce: a narrativa, lidando com a precariedade da existência, decompõe as pretensões da teoria que constrói estruturas tão sólidas quanto podem ser as bolhas feitas com o sopro de uma criança.

ALFREDO BOSI nasceu em São Paulo em 1936. Crítico e historiador de literatura brasileira, é professor emérito da Universidade de São Paulo (USP) e membro da Academia Brasileira de Letras (ABL).

Os marcados

CRÔNICA / CARLOS DRUMMOND DE ANDRADE

O cronista andou vendo uma coleção de retratos de meninos que se tornaram escritores e artistas. E verificou, uma vez mais, que a fotografia traz para a crítica (desculpem-me os neocriticistas) e a interpretação psicológica um auxílio valioso. Além disso, cria o jogo divertido de pesquisar na fisionomia em botão, os indícios do futuro criador. Se ela desvenda mundos longínquos e mesmo radiações, que de outro modo jamais conheceríamos, como lembra Paul Valéry, não é demais que nos revele um pouco, ou sugira as virtualidades do ser humano.

No grave e meditativo rapazinho de doze anos, vestido de "dólman", encontro o esboço daquele que um dia será o pintor Pancetti. Há uma concentração dramática nas feições, como fechadas em si mesmas. O sonho plástico agita-se vagamente no fundo do semblante peninsular; aventura nas águas, aventura no mundo das formas e das cores. E o pequeno Pancetti a preparar-se para seu destino.

Feliz, esse garoto de família burguesa, a quem a mãe vestia de marinheiro e levou ao melhor "atelier" de Campinas – estamos em 1907, e que aí ficou, de bengalinha, apoiado a uma cerca de mentira? Não. A instalação fofa na vida não influi nesse coração, que é também da raça dos fechados e melancólicos. O olhar desliga-se dos borzeguins orgulhosos, voa longe, para uma paisagem dura, em que as almas se indagam e se supliciam. Este retrato é uma introdução a *Nico Horta* e *Fronteira*, trai o futuro romancista Cornélio Pena.

Às vezes, parece que o operador errou. O bebê rafaelesco sobre a cadeira de estofo não é nenhum anjo, é Oswald de Andrade. Não seria essa, porém, a verdadeira efígie de Serafim Ponte Grande, embaçada pela vida? Oswald, no abandono da intimidade, se permitia doçuras que estão neste retrato.

A objetiva não foi bastante explícita sobre a natureza de Eddy, guri de Vila Isabel, em 1908. Com um ano de vida, e fatigado pela pose, sentou-se no regador do jardim, carrancudo no seu vestidinho branco. A mão, que haveria de escrever grandes coisas, mantém-se meio oculta. Reparo que Eddy tem um topete. Graças a ele, será um dia, como Noel Rosa, um dos grandes da Vila. Com a diferença de que Noel deixará a impressão de qualquer coisa "que poderia ter sido e que não foi", ao passo que Eddy se realizará em muitos livros. Sentado no regador, o que já é prova de personalidade, e ostentando o topete pueril, símbolo de audácia e irreverência, chamar-se-á mais tarde Marques Rebelo.

Lygia Fagundes Telles aparece bastante fatal no retrato de infância. O estampado violento do vestido curto, flor nos lábios, colar semostrante, braços e mãos compondo atitude cinematográfica... Não, não é a discreta, simples e cordial Lygia Fagundes Telles que todos conhecemos e louvamos como ficcionista e modelo de convivência literária. Mas trata-se de alguém que extrai da imaginação suas riquezas, e esta é, premonitoriamente, uma fotografia dos mundos possíveis do romance. Quem assim se imaginou, ainda garotinha, na pele ou no vestuário de personagem tão diverso de sua natureza, saberá criar tipos humanos tão dolorosamente verídicos que é como se os encarnasse e lhes vivesse os destinos, à maneira de Flaubert, dizendo com sinceridade: "*Madame Bovary, c'est moi*". O retrato podia ilustrar *Ciranda de Pedra*.

E outros, e outros. Sem recorrer à fisiognomonia, para identificação do caráter de cada um, é possível farejar neles o verso, o conto, o quadro ou a música, suspensos como um vapor sobre essas crianças marcadas pelo mistério da criação.

A Autora

Lygia Fagundes Telles nasceu em São Paulo e passou a infância no interior do estado, onde o pai, o advogado Durval de Azevedo Fagundes, foi promotor público. A mãe, Maria do Rosário (Zazita), era pianista. Voltando a residir com a família em São Paulo, a escritora fez o curso fundamental na Escola Caetano de Campos e em seguida ingressou na Faculdade de Direito do Largo São Francisco, da Universidade de São Paulo, onde se formou. Quando estudante do pré-jurídico cursou a Escola Superior de Educação Física da mesma universidade.

Ainda na adolescência manifestou-se a paixão, ou melhor, a vocação de Lygia Fagundes Telles para a literatura, incentivada pelos seus maiores amigos, os escritores Carlos Drummond de Andrade, Erico Verissimo e Edgard Cavalheiro. Contudo, mais tarde a escritora viria a rejeitar seus primeiros livros porque em sua opinião "a pouca idade não justifica o nascimento de textos prematuros, que deveriam continuar no limbo".

Ciranda de Pedra (1954) é considerada por Antonio Candido a obra em que a autora alcança a maturidade literária. Lygia Fagundes Telles também considera esse romance o marco inicial de suas obras completas. O que ficou para trás "são juvenilidades". Quando da sua publicação o romance foi saudado por críticos como Otto Maria Carpeaux, Paulo Rónai e José Paulo Paes. No mesmo ano, fruto de seu primeiro casamento, nasceu o filho Goffredo da Silva Telles Neto, cineasta, e que lhe deu as duas netas: Lúcia e Margarida. Ainda nos anos 1950, saiu o livro *Histórias do Desencontro* (1958), que recebeu o prêmio do Instituto Nacional do Livro.

O segundo romance, *Verão no Aquário* (1963), prêmio Jabuti, saiu no mesmo ano em que já divorciada casou-se com o crítico de cinema Paulo Emílio Sales Gomes. Em parceria com ele escreveu o roteiro para cinema *Capitu* (1967), baseado em *Dom Casmurro*, de Machado de Assis. Esse roteiro, que foi encomenda de Paulo Cezar Saraceni, recebeu o prêmio Candango, concedido ao melhor roteiro cinematográfico.

A década de 1970 foi de intensa atividade literária e marcou o início da sua consagração na carreira. Lygia Fagundes Telles publicou, então, alguns de seus livros mais importantes: *Antes do Baile Verde* (1970), cujo conto que dá título ao livro recebeu o Primeiro Prêmio no Concurso Internacional de Escritoras, na França; *As Meninas* (1973), romance que recebeu os prêmios Jabuti, Coelho Neto da Academia Brasileira de Letras e "Ficção" da Associação Paulista de Críticos de Arte (APCA); *Seminário dos Ratos* (1977), premiado pelo PEN Clube do Brasil. O livro de contos *Filhos Pródigos* (1978) seria republicado com o título de um de seus contos, *A Estrutura da Bolha de Sabão* (1991).

A Disciplina do Amor (1980) recebeu o prêmio Jabuti e o prêmio APCA. O romance *As Horas Nuas* (1989) recebeu o prêmio Pedro Nava de Melhor Livro do Ano.

Os textos curtos e impactantes passaram a se suceder na década de 1990, quando, então, é publicado *A Noite Escura e Mais Eu* (1995), que recebeu o prêmio Arthur Azevedo da Biblioteca Nacional, o prêmio Jabuti e o prêmio Aplub de Literatura. Os textos do livro *Invenção e Memória* (2000) receberam os prêmios Jabuti, APCA e o "Golfinho de Ouro". *Durante Aquele Estranho Chá* (2002), textos que a autora denominava de "perdidos e achados", antecedeu seu livro *Conspiração de Nuvens* (2007), que mistura ficção e memória e foi premiado pela APCA.

Em 1998, foi condecorada pelo governo francês com a Ordem das Artes e das Letras, mas a consagração definitiva viria com o prêmio Camões (2005), distinção maior em língua portuguesa pelo conjunto da obra.

Lygia Fagundes Telles conduziu sua trajetória literária trabalhando ainda como procuradora do Instituto de Previdência do Estado de São Paulo, cargo que exerceu até a aposentadoria. Foi ainda presidente da Cinemateca Brasileira, fundada por Paulo Emílio Sales Gomes, e membro da Academia Paulista de Letras e da Academia Brasileira de Letras. Teve seus livros publicados em diversos países: Portugal, França, Estados Unidos, Alemanha, Itália, Holanda, Suécia, Espanha e República Checa, entre outros, com obras adaptadas para tevê, teatro e cinema.

Vivendo a realidade de uma escritora do terceiro mundo, Lygia Fagundes Telles considerava sua obra de natureza engajada, comprometida com a difícil condição do ser humano em um país de tão frágil educação e saúde. Participante desse tempo e dessa sociedade, a escritora procurava apresentar através da palavra escrita a realidade envolta na sedução do imaginário e da fantasia. Mas enfrentando sempre a realidade deste país: em 1976, durante a ditadura militar, integrou uma comissão de escritores que foi a Brasília entregar ao ministro da Justiça o famoso "Manifesto dos Mil", veemente declaração contra a censura assinada pelos mais representativos intelectuais do Brasil.

A autora já declarou em uma entrevista: "A criação literária? O escritor pode ser louco, mas não enlouquece o leitor, ao contrário, pode até desviá-lo da loucura. O escritor pode ser corrompido, mas não corrompe. Pode ser solitário e triste e ainda assim vai alimentar o sonho daquele que está na solidão".

Lygia Fagundes Telles faleceu em 3 de abril de 2022, em São Paulo.

Na página 177, retrato da autora feito por Carlos Drummond de Andrade na década de 1970.

Esta obra foi composta
em Utopia e Trade Gothic
por warrakloureiro
e impressa em ofsete pela
Gráfica Bartira sobre papel
Pólen Bold da Suzano S.A.
para a Editora Schwarcz
em abril de 2022

A marca FSC® é a garantia de que a madeira utilizada na fabricação do papel deste livro provém de florestas que foram gerenciadas de maneira ambientalmente correta, socialmente justa e economicamente viável, além de outras fontes de origem controlada.